文化中国·黄河口文库
WENHUAZHONGGUO·HUANGHEKOUWENKU 张艾子 主编

# 梨里的光阴

曾志宏 ◎ 著

团结出版社
UNITY PRESS

# 目 录

## 辑一 关情

石　榴……………………………………（3）
旋转木马…………………………………（5）
魔　豆……………………………………（7）
当时的月亮………………………………（9）
爱如牛奶…………………………………（11）
情似翡翠…………………………………（13）
遇　见……………………………………（15）
第99壶碧螺春……………………………（17）
香水有毒…………………………………（19）
海边除夕夜………………………………（21）
洋快餐……………………………………（23）
迷你沙雕…………………………………（25）
出　口……………………………………（27）
白菊花……………………………………（29）
熏衣草……………………………………（31）
蝴蝶标本…………………………………（33）

春日·桃花 …………………………………（35）
红　叶 ……………………………………（37）
相思的香气 ………………………………（39）
花　凋 ……………………………………（41）
七里香 ……………………………………（43）
凤凰花 ……………………………………（45）
玉兰香动 …………………………………（47）
丁　香 ……………………………………（49）
苍耳子 ……………………………………（51）
瓷杯物语 …………………………………（53）

## 辑二　有味

咬　春 ……………………………………（57）
薄荷凉 ……………………………………（59）
又见糖人 …………………………………（61）
嚼　青 ……………………………………（63）
芫荽二三事 ………………………………（65）
青木瓜之味 ………………………………（67）
番石榴飘香 ………………………………（69）
柚子皮香 …………………………………（71）
温暖的火锅 ………………………………（73）
采紫菜 ……………………………………（75）
久违的爆米声 ……………………………（77）

一场浪漫的舌尖之旅……………………………（79）
枇杷黄了…………………………………………（80）
不踏花归亦自香…………………………………（82）
端午粽子情………………………………………（84）
地瓜粥……………………………………………（86）
海瓜子……………………………………………（88）
七夕花生糖………………………………………（90）
快乐的板栗………………………………………（92）
老腊肉……………………………………………（94）
特别的年货………………………………………（96）
爱上袋泡茶………………………………………（98）
炸　枣……………………………………………（100）
烤知了……………………………………………（102）

## 辑三　行涉

梦回玉龙雪山……………………………………（107）
宏村走笔…………………………………………（109）
文庙永恒…………………………………………（111）
摘下银城的四片叶子……………………………（113）
我和草原有个约会………………………………（117）
凤山行……………………………………………（121）
徜徉红尘天堂间…………………………………（123）
我和我追逐的梦…………………………………（128）

亲历彭州……………………………………………（133）
800年龙眼营……………………………………（135）
巴东海滩的落日…………………………………（137）
沙岸边的海岸线…………………………………（139）
在永春雪山避暑…………………………………（141）
小镇生活…………………………………………（143）
水草是湖泊的睫毛………………………………（145）
春寻杜鹃…………………………………………（147）
山重寻芳…………………………………………（149）
潜入海底过春节…………………………………（151）

## 辑四 清欢

中年扑面而来……………………………………（155）
衣不如故…………………………………………（157）
软香满怀…………………………………………（159）
熟女的条件………………………………………（161）
"镯镯"其华………………………………………（163）
爱的进化论………………………………………（165）
一条大蜈蚣………………………………………（167）
像花儿一样………………………………………（169）
扇中日月长………………………………………（171）
原生态……………………………………………（173）
围　巾……………………………………………（175）

婚姻如毛巾……………………………………（177）
做了回模特……………………………………（179）
都是狠角色……………………………………（181）
棉　袄…………………………………………（183）

## 辑五　归来

牵　手…………………………………………（187）
窗外的小鸽子…………………………………（191）
园圃之乐………………………………………（193）
养　蚕…………………………………………（195）
家有小龟………………………………………（197）
老林的时尚杂志………………………………（199）
被需要也是一种幸福…………………………（201）
母亲的唠叨……………………………………（203）
臭妞二三事……………………………………（205）
邻家小妹………………………………………（207）
家有潮妈………………………………………（209）

## 辑六　意象

花　痕…………………………………………（213）
梨里的光阴……………………………………（218）

冰淇淋是糖　甜到忧伤……………………（224）
春天的故事……………………………………（228）
夜未央　夜阑珊………………………………（233）
长相思…………………………………………（238）
记忆中的那双眼睛……………………………（242）

辑一
GUANQING 关 情

离别后，我们之间的友谊如淡淡的花香，不绝于缕。有时，隔着大洋彼岸，听到话筒另一端她依然清脆的笑声，时空仿佛就此续起，心像微雨的春夜里纷纷飘落的花瓣，恍惚、湿润、微微的感伤，很温暖，很美妙——如今我们都在各自的命数里辗转起伏，有欢笑也有过眼泪，可我们依然互相牵挂。青春期是人生最混沌最迷惘的阶段，谁陪过自己谁抚慰过自己，往往很难忘记。

# 石 榴

　　周末无风的午后，门外长廊上阳光满溢，像盛了一碗醇厚的酒，南方十一月的天气还有些躁热。宿舍里同事们都在午睡，她独自一人静静整理换季衣物，无意中看到那件旧衣服，上面沾染着几滴石榴汁，思绪不禁飘飘荡荡回到了从前。她仿佛看见童年的自己，站在石榴树下，望着殷红的石榴直流口水。

　　"小黄毛，想吃石榴啊？"是隔壁班的他，出名的皮孩子，露出两个虎牙正冲着她笑。她白他一眼，转身蹦蹦跳跳地回家。次日上学却在路口看到他，塞给她三个硕大的红石榴，一溜烟跑了。自此，每年石榴红时他总偷偷地带给她一些，这已成了两人的小秘密。上了初中，两人人事略通，再看到对方的眼神都有些闪躲，偶尔目光接触便感觉如同电击，阵阵眩晕的幸福。时间过得真快呀，高考后，她如愿考入大学，他则进了兵营。长长的距离阻挡不了一颗火热的心，他一封封鸿雁般的信像夜雨，频频敲打她的窗，平淡的字里行间隐隐透出一个少年温柔的情怀。可是她那时已经喜欢上大学里的宣传部长，能言善道，写得一手苍劲有力的字，于是在回信里就有了矜持的意味。他很敏感，假期也不回家，急急去学校看她。一年军旅生活的锤炼使他更加英俊挺拔，都说字如其人，她不无遗憾地想，为什么他的字偏偏那么难看？一个个东倒西歪像拙劣的积木摇摇欲坠，让她对他的印象大为改观，年轻时的爱有时就那么简单。

一见面，他就迫不及待地从鼓鼓攘攘的军用挎包里拎出一大袋石榴递给她。"现在有石榴汁，好喝又方便"，她兴致勃勃地拿出瓶装饮料，丝毫没注意到他突然黯淡的眼神，石榴汁是宣传部长知道她的喜好，特意买给她的。次日他落寞地独自离开，从此信件来得日渐稀少，只是每年八月，她总能如期收到他寄来的石榴。那日黄昏，窗外飘着蒙蒙细雨，微风吹动窗帘，映得室内忽明忽暗，她坐在宿舍的床边，一粒粒剥着石榴吃。倦了便和衣倒在床上小憩，一觉醒来，不禁"呀"地一声，原来刚才有几粒石榴籽掉在床上，已被压碎零落成红泥，身上穿的白衣也沾染了几滴石榴汁。

大学毕业时她与宣传部长的恋情无疾而终，其间过程不堪细说，不愿回首。再收到石榴时，她忍不住念着他的好，他沉默的感情，像石榴，坚硬的外皮下隐藏着晶莹剔透的无言心事；是不经剪裁的底片，有着最质朴的光和影，让她回味不已……

这件衣服自从沾染上石榴汁后她就没再穿过。她低下头，将那衣服慢慢合起在手，贴在脸颊边摩挲，似有微温。白色衣服胸前残留的粉红汁液，惆怅如一抹红销帐。这也就是，白衣飘飘年代那桩情事所能剩下的痕迹了。

辑一 关情

# 旋转木马

　　他们从小在一所大杂院长大，院里的几个小孩，常约好了到儿童乐园玩。儿童乐园有一个很大的旋转木马场，饰有纹章条纹的帐篷顶部下，很多"马匹"围着中轴旋转，所有马匹身上的图案都以柔和的粉彩颜色系列画上去，当中包括紫色、蓝绿色和其他充满幻想的颜色。他是他们中间的小领袖，每次都骑那匹金黄色鬃毛的领头马。她坐在木马上，心里有些兴奋有些惊慌，想象自己像公主在骏马上奔腾，那种飞的感觉很快乐，可又害怕一不留神从马背上摔下来，身后的男孩女孩也在不断惊声尖叫。只有他好整以暇，轻松地吹着口哨。虽然大人们老说他是个调皮的捣蛋鬼，可每次考试他往往都能名列前茅。在她小小的心目中，他就是不折不扣的英雄。

　　他也似乎特别留意她。上了中学情窦初开，小时的男女玩伴渐渐疏远，她家搬到新区后，见面的机会少了，幸好两人教室相连，食堂、教室、操场……有他的地方总让她惊喜。他每次放学时总磨磨蹭蹭，等到她出来后才一踩山地自行车走了，只留一个矫健的身影给她。看他一身白T恤破牛仔裤，一举一动都有种说不出的帅气与不羁，嘴唇上绒毛像初春的嫩柳。哦，春天！所有的绿叶都在风里跳舞，所有的鸟儿都在云层歌唱，她的心在生命的春天里迷醉。新奇的喜悦，稳妥的甜蜜，以为日子可以这么一天天甘美地过下去，永远不会有波澜。

转眼就是高考，成绩公布后，她如愿考上外地的大学，可他却出人意料地落榜了。这样的打击对平素骄傲的他是巨大的，远远看着他消沉的样子，年少的她第一次尝到心痛滋味。

那天她鼓起勇气约他在儿童乐园见面。是盛夏黄昏，风一阵阵，把玉簪花的香气也吹得乱了，像她怦怦乱跳的心。不知等了多久，他还是来了，一头乱糟糟的短发，清秀的脸上不复以往神采，换上一付冷漠的神情。两人默默坐了一圈圈的旋转木马，她几次欲言又止，不觉天色已暗。"回去吧。"他深深看了她一眼，转身就走，暮色四合也掩不住此刻他眼里的温柔，倔强的背影写满了深深的挫败感。泪水像雾一般涨满她的双眼，一霎那，她忽然长大了，她读懂了他的内心。原来爱永远是一个木马，随时需要保持平衡，稍有偏斜，不是一方被骄傲摧毁，就是另一方被自卑压倒。只有彼此站在平等的位置上，才能保持情感世界的稳定。她喊道，不要放弃，一定要复读呀，我等你。微微急促而软糯的口音飘散在晚来的风里，他头也不回地挥了挥手。

"旋转木马哗拉拉 / 有多少童年欢乐在风中消失 / 有多少眼神在风中回忆 / 转转美丽的小女孩 / 骑着那旋转木马在风中成长 / 有多少男孩在梦中等待……"

# 魔 豆

"嫁给我好吗？"烛光下他深情款款地凝视着她。正值一场春雨过后，夜晚空气中有薄荷的清凉，她的心如小鹿乱撞般跳得慌。他们已交往四个月，他对她一见钟情，大把大把的玫瑰花，烛光晚餐、海边漫步，不知不觉她已坠入情网。可是她内心深处隐隐有些不踏实：是他张口就来的甜言蜜语，还是太过热烈的恋爱攻势？她欲将心付与明月，明月会不会照向沟渠呢？"太突然了，我没思想准备，再多接触一段时间好吗？"她轻轻地说。

下一次碰面，她却拿出一个绿色的罐头："喜欢植物吗，它叫魔豆，是新型盆栽，送给你。""太喜欢了！"他兴高采烈地接了过来，无比珍惜地把玩着罐头。她俏皮地说："知道怎么种吗，打开罐底的排水盖和罐面的盖，慢慢加入充足的水分，直到多余的水分在罐底流走，再把它放在有阳光照射的位置，记得两三天浇一次水。""好啊，回家就种上，我会好好养护它。"他绽开迷人的笑容。

转眼一个月过去了，那日华灯初上，他们漫步街头。已是仲春时节，天色如深蓝绸布魅惑迷人，路边的羊紫荆兀自寂寞开放，一路流香。容貌清丽的她穿着一件简单的白色V领短袖毛衣，搭配黑色斜裁长裙，皓婉上一截银质手镯，周身散发一股不可言说的风致，怎么也看不出是叱咤风云身家丰厚的商界女强人。她闲闲地问道："春天来了，魔豆发芽了吗？"他一愣，马上接着说："早发芽啦，长得挺好的，我天天看着它，你送的东西我能不珍惜吗？"她定定地注视着他英俊的面容，心却一点点地沉了下去，一瞬间——就在这一瞬间，她知道他不是可以执子之手与子偕老的人。他浑然不觉，心急地问："亲爱的，你答应嫁给我了吗？我的心天天都在受煎熬，你到底要考验我到什么时候？"她缓缓然而坚决地摇了摇头，无视他热切的眼神刹那间暗淡如灰烬。"那你早说嘛，免得浪费大家时间！"他耸耸肩，随即换上一付冷漠无谓的面孔。她微笑颔首，转身离去，长风掀起裙摆，笑容如干花般落了一地。

　　她是外表现代内心却纯粹到极致的女子，商界的尔虞我诈金钱至上使她对爱情更加小心翼翼，只怕所托非人。她把满心的爱恋和信任托付给磨豆，等待南熏的风儿吹开爱的宣言。如果他真心在乎她，他就愿意花一点点心思去栽种魔豆，或者他肯诚实地回答，她也愿意原谅他呀，魔豆果真是种神奇的植物，是情感、人品的试金石。要知道，只须短短十天左右，他就能看到魔豆渐渐从泥土中冒出头来，长出心形的叶子。叶片的一面刻有鲜花图案，依稀可以辨认出是玫瑰，爱情的象征，另一面刻有三个字，那是她全身心的回答——我愿意。

# 当时的月亮

她拜访客户出来，已是傍晚时分，开车经过图书馆，看到馆里正举办书画展，心念一转，手中的方向盘不觉就拐了进去。

展厅四周墙上、屏风上都挂满墨品，琳琅满目。她的目光却被中间那幅吸引了去，心随之怦怦跳了起来，慌乱得像雨前的风。那狂放不羁的线条怎会如此熟悉？乍看如乱麻，细究笔法却开合有度，如万马千军在辽阔天地狂飙突进，再细看底下的落款，果然是他！她下意识地环顾四周，却见他远远自前方直直走来，阔步流星，脸上亦是惊喜万分的神情。"是你……"，"真巧……"他们同时开口又同时闭嘴，末了同时展颜相视而笑。原来此次他应本地书协邀请，来此城参加作品巡展。

他们相识在大学的书法社，记得那时他最喜欢张旭和怀素的狂草，而她的书风婉媚纤巧，如一首悠扬的牧歌，在山水中缥缈游移。共同的爱好使两颗心越贴越近，常常的，从书法社出来，两人并肩携手月下同行。她的发际落满璀璨的月华，暗夜里剪出一圈朦胧的光影，他凝神注视她的眼神亦格外闪闪动人，多少的少女情怀就在那样的月空下结绳。犹记得那次他兴之所至，一把扛起她在肩旋转，只见月华、星子、夜灯轮番眼前交织辉映，恰似云霄飞车。她长发扬起，招展如旗，微微的眩晕阵阵袭来，不由笑呼出声。还有毕业典礼结束那个晚上,离别的夜晚,也是这样深沉的月色。落光如水,四野静寂,隐隐的风声夹杂着虫语,和着两人的离情别绪,和对未知命运的惶惑与无助,低低响过两侧的树底林间,终至寂然无声。那都是多久以前的事了?

  毕业后他留在省城的一所大学,校园的宁静使他得以纵情徜徉书香墨海,身上更多了些书卷味。她则回乡进了家外贸公司,事业做得风声水起,然后结婚、生子,渐渐淡漠了翰林墨香和那段往事。只是有时在冷月当空的清宵里,宝宝上床入睡后,她拥臂窗前,抬头遥看那透明如墨玉的夜空,心头便泛起一缕隐隐的思念与牵挂。而在重逢的今天,纵使心头百般起伏,她也只是安静地向他微笑着,聊着这几年的际遇,不露声色。不觉暮色四合,天边挂着一轮弯月,她和他之间就隔着一层迷迷蒙蒙的月色,像这些年流去的青春时光。

  他急着赴一个饭局,两人匆匆告了别。车子静静行使在夜色中里,她才想起他们甚至忘了交换电话号码。收音机里是谁在轻吟浅唱,"当时的月亮/一夜之间化做今天的阳光/谁能告诉我哪一种信仰/能够让人念念不忘/当时如果没有什么/当时如果拥有什么又会怎样……"当时的月亮下面发生的事已不再重要,要紧的是在各自的生活轨道里各自珍重。南风扑面,两旁紫荆花一路流香,仲夏的夜晚如此清澈美丽。

# 爱如牛奶

大学时，食堂伙食太差，菜肴粗糙难以下咽。晚自习上到一半时，她总感觉饿，便去小卖部买牛奶，渐渐竟成了习惯。那天晚自习，她站在走廊上，嘴里含着牛奶吸管，黑如点漆的眼珠子无意识地转呀转的，不期然和他的目光相遇。他猛的涨红了脸，迅速把头扭向别处。她觉得有趣，不无促狭地，定定盯牢他。片刻他回过头来，再次偷眼看她时，又被吓了一大跳。她淘气地大笑，熏红的面颊似玫瑰花朵朵绽放。

他笑容诚恳温暖，话不多，却句句实在。两人熟悉后，晚自习时他常提着鼓鼓的袋子，悄悄放她桌上，里面是一大排牛奶易乐包。时间如果早的话，他们会先去校园外的沙滩上散步，看淡柳烟疏，夕阳一点点地下坠，清凉的晚风慢慢拂上他们青春的脸。

毕业后两人都留在了厦门，联系依然密切，他成了她最知心的朋友。她恋爱了、又失恋，惯常的，找他倾诉种种心事。他似乎永远都守候在那里，等她靠在他肩膀肆意哭泣，絮絮叨叨地诉说对男子的失望，等她被伤害的心慢慢平静、修复，又再投入下一场轰轰烈烈的恋爱。几年如一日，招之即来，不离不弃。他对她的好，她不是不知道。只是，她的心还在高不可测的云端飘荡，也许是她身边围绕的机会太多，一个个迤俪而去了，总有一个个纷踏而至，她怎么甘得下心来第一个就是一生？

可是人生有时像支圆舞曲，终点又会绕回原点。她愈来愈发现他的好，终于还是牵起他的手，披上红嫁衣。旁人打趣，那么一个出挑的可人，真是憨人有憨福呵。他也不恼，只是喜滋滋地笑着。婚后生活如想象中的平静温馨，不久她怀孕了，害喜特别厉害。曾经那么喜欢的牛奶，忽然成了最害怕的食品，可为了胎中孩子的健康，她微蹙秀美的眉头，捏着鼻子昂首喝了下去，每天2杯，雷打不动。他心疼地在旁看着，手里拿着洗好的水果，去去牛奶的腥味，他说。

产假未休完她匆匆上了班。她的工作一向做得风生水起，有时加班晚归，一推门往往就先闻到淡淡的奶香。床头灯氤氲散发着柔和的光，他一边哄着宝宝，一边手忙脚乱地泡着奶粉。她倚在房门，像抖落一身尘雪的风雨夜归人，微微笑了，眼前这一幕绝美如油画，是她幸福的最大源头，是她生命最重要的意义。

她曾是那么心高气傲的如花女子，也曾心矜摇曳于咖啡的香醇或红酒的微醺，可最终还是被香滑纯白的牛奶征服，谦卑地低下头，安心做他俗世里温柔贤惠的妻。这千年修来的缘分，虽然没有四溢的激情却也不会伤筋动骨，也许这才是让人身心放松的好爱情，平淡、持久、爱如牛奶。

# 情似翡翠

不知怎的，每次看到"翡翠"这个词，条件反射似的总联想到女子的友情。也许是因为它的字形吧？翡翠因其颜色不均匀，浅色的底子上常伴有红色和绿色色团，颜色之美宛如赤色羽毛的翡鸟和绿色羽毛的翠鸟而得名。只有上等品质的硬玉方可称之为翡翠。翡鸟、翠鸟相依相偎，那情景，不正像两个知心的女友头碰头在亲密聊天吗？

想起梅，我中学时代最好的朋友，按照时下流行的说法，就是闺蜜了。我记得春天和她去踏青时梅山桃花朵朵盛开，灿若云霞美不胜收；我记得她第一次下厨煮的面烂得一塌糊涂，两人却吃得干干净净；我记得她的一双杏眼，笑起来却眯成了一条缝。那时我们结伴上下学，一边数着马路上往来的车子，一辆、两辆、三辆……玩过一样的拍洋画游戏，背过一样的碎布手工书包，存过一样的糖果纸。张爱玲写"回忆这东西若是有气味的话，那就是樟脑的香，甜而稳妥，像记得分明的快乐，甜而怅惘，像忘却了的忧愁。"叽叽喳喳的少女时期，最容易结交女伴死党，掏心掏肺；也最容易为了琐碎小事反目，几个星期不肯说话。随着毕业合照的那一刻的来临，以往或温馨或伤感的经历过往都成为过去时段的某一个定格。

中学毕业后，梅全家移居法国。离别后，我们之间的友谊如淡淡的花香，不绝于缕。有时，隔着大洋彼岸，听到话筒另一端她依然清脆的笑声，时空仿佛就此续起，心像微雨的春夜里纷纷飘落的花瓣，恍惚、湿润、微微的感伤，很温暖，很美妙——如今我们都在各自的命数里辗转起伏，有欢笑也有过眼泪，可我们依然互相牵挂。青春期是人生最混沌最迷惘的阶段，谁陪过自己谁抚慰过自己，往往很难忘记。

长大后慢慢知道，女子之间的友情是多么难得，需要彼此互相欣赏、爱慕，同时还要有一种互不排斥的神秘"磁场"，不必言语的默契和感知，或称为"投缘"，可遇而不可求。真正的友情因为不企求什么不依靠什么，总是既纯净又脆弱。可以发展得相当深入，也可以不堪一击一溃千里。尺度如果把握不当，欣赏也许变成嫉妒，爱慕可能转为病态。这一点像极了翡翠，温润其外，刚脆其内。要聚多少岁月之锤炼，还有多少天时地理的玄机，才能成就一块美玉？所以需要好生呵护。

当你发现自己拥有一个或几个闺蜜，该是多么幸福的事！那是压在百宝箱底的宝贝，慰藉心灵的一贴良药，宣泄烦恼的最佳出口。你确信，当你们向彼此打开心门的时候，你们脚下那三尺见方的那块土地，会像小船一样载着你们驶出世俗嘈杂的海岸，在安宁祥和的洋面上航行，身边恍惚有天使飞过。

# 遇见

是在几年以后了，一个寻常的夏日黄昏，没有丝毫预兆的，她和他就这么猝不及防地相遇。

正值下班高峰，街上人头攒动，车水马龙。他依旧是一身白T恤和牛仔裤，这么多年来似乎都不曾改变过。两人眼神猝然相碰的那一刻，彼此都有些手足无措，还有几分拘束。你好吗？他打破沉默，轻轻地问。

她曾千百般怀想过相逢的情景，却都不是这般模样。也许是要去上班的清晨，或者月上柳梢头的夜晚，或者身心放松休闲的周末，那时的她都容光焕发神清气爽，眼神清亮皮肤粉粉地透着晶莹的光。可现在她上完一天班，刚从公交车挤下来，几缕发丝散乱贴在濡湿的额头，神情犹带着几分倦意和木然。手里提着路边顺手买的一把青菜，还有两斤水蜜桃，是早上临出门时，两岁的女儿嘱咐买的。

他曾千百般怀想过相逢的时机，也都不是这种季节。应该会是在缠绵悱恻的春日，或是凉风送爽的秋天，或是渴求温暖的冬季，独独不是夏季。夏季是不宜拜访别人和让人拜访的。夏日宜于独自消解，除了炎热带来的火气外，对外界的逃避也达到沸点，令人无端的倦怠与烦躁。

我很好，你呢？最初的慌乱过后，她坦然地微笑了。她想造物主真是神奇，待到一切已云淡风清时，才安排这出从容的相遇。最初那些爱恋飞翔的日子，两颗心互相吸引，为之温暖和燃烧，一路迷醉。还有后来那些弥漫雨丝、水气、雾色与泪光的片段，都已经在水一般流逝的日子里，如水一般慢慢消散。我也还好，他喃喃地答道。他有点冲动，想诉说当初那场冲动与误会，可现在再说这些还有什么意义，他的妻子，此刻该亮起灯火，在厨房里准备热热的饭菜了罢。

那么，再见了。她想起分手时他的那番话：无论如何，记得坚持自己的爱好与梦想。如果你淹没在人潮之中庸碌一生，那是因为你没有努力要活得丰盛。感谢他的牵引，让她从不敢懈怠，精心经营自己的人生。再见，他也客气地应着。再说什么似乎都是多余的，她外表虽没有多大的变化，身上却多了些陌生的气息，那是隔在他们中间长长的岁月，他不再参与过的。

转身，一个向左，一个朝右，她和他的身影，还有彼此心里泛起的涟漪，一一淹没在人群里。红尘俗世里，每天都要发生多少事呀，发生了，也就发生了。道路两旁街灯次第亮起，如常的，城市正在进入一场流光溢彩的夜的盛宴。

## 第99壶碧螺春

茶楼在闹市一隅,镂空的窗棂、中式的桌椅、瓷制的茶盅,还有香炉和古乐,雅到极致。

她爱极了那里,经常带上几本书,坐在角落里,浅酌慢饮,写写杂志社约的稿子,在一壶碧螺春的满与空之间,消磨掉一个下午的悠闲时光。

他经常和客户过来茶室谈生意,碰面的机会多了,彼此会礼貌地点头致意。

那天他看到她坐在靠窗的位子,穿着亚麻色上衣——那种介乎于米白和原木的色调,春日的阳光斜照进来,在她身上勾勒出淡黄的光影,像一株静静开放的百合,有种特别的美。从此,他也常一个人过来。

终于,两张桌子并成一张桌子。关于茶道,所谓高冲低斟、关公巡城、韩信点兵他略知一二。但水如何煮到"蟹眼已过鱼眼生,飕飕欲作松风鸣"的火候才是恰到好处他不明白。看她纤手泡来,条索紧结、蛾曲似螺的叶子在水面上慢慢舒展、舒展,旋转着沉入杯底,他也长了见识。

没了生意场上的勾心斗角,放松心情,把盏细酌,精心泡出的茶果然味道更佳。他的手指干净修长,不若生意人的肥厚,谈吐也清雅有趣。下棋、聊天，每次相聚的话题都像杯中升起的茶气一般自由漂浮，直到窗外的景色慢慢融入暮霭中，他们才默契地道别。

"知道这是第几壶了吗？"那天他问道。

"不知道。"她淡淡地笑，眼底仍是抹深深的沉静。她知道他家里还有温婉的妻子和调皮活泼的儿子，她想要的只是一位能懂茶香的人，君子之交般，相识相会就够了。至于这份缘能否长久，倒在其次。

"第99壶。如果真要给这茶加上一个期限，我希望是——9999壶。"他模仿着《大话西游》里的台词，眼神直直地盯住了她。

她听了心头一凛，这边手已经按住了她的肩膀，嘴唇也凑了过来。

她站了起来，不发一语，转身飘然离去。只剩他愣在那里，任凭炉上那壶水老了又老。

从此她不再去那间茶楼。他为何不明白呢，茶本是去浊扬清涤肠洗肚之物，容不得一丝杂质和异味。她本以为遇到知己了，谁知，日日坐在对面的依然不是懂茶的人。

# 香水有毒

他进公司时，第一个看到的就是安，他的顶头上司，比他年长几岁，尖翘伶俐的下巴，皎洁细致的脸庞上一对冷冽凤目。年轻貌美的女子柔弱一点也罢，要是十分能干，就总给人一种锐利的感觉，偏偏她工作起来全情投入，眼角眉梢更不觉带些杀伐凛冽之气，低冷低冷压成薄薄一片刀锋逼近。其他同事和她在一起总觉得窒息般不自在，可他却迷恋这样的逼近。迷恋她永远冷色系的衣服，不加任何修饰和花纹，剪裁得体材质极佳，低调的华丽。迷恋她永远高昂的头和认真的表情，象冬日风雪夜归人带进屋里的一股冷空气，带点寒意，有点格格不入，但委实清新可爱。办公室成了他最愿意停留的场所和最卖力表现的舞台，以前是她最后一个走，现在则是他。下班后男友常来接安，他总是倚在窗前，看着她容光焕发地上了车，再熄灯、关门，下班。

没有严格的上司就没有出色的下属，在安的影响和调教下，他度过了懵懂磕绊的新人期。两年后，安辞职嫁人，因为他突出的工作表现，临走时向总部推荐了他。他坐上她的位置，佳人已杳，空气中隐约有她留下的香水味，似有似无，暗香迷蒙，是安唯一留下的痕迹。他忽然有如被人抽了肋骨般的软弱，这才发觉自己早已习惯日子里每天有她，有她，也就像窗台下那株开花的树，深静无声，独留气息。

着了魔似的，他走遍全城，一瓶瓶地嗅，最终觅到那种香水，花香调。淡雅的玫瑰香旖旎，不轻浮，带着种说不出来的沉郁，是沁骨的冷冽，细细品味，却又柔情万种、浪漫如诗。对他来说，那几乎已经等同于爱情的香气。夜阑人静，他常痴望着香水瓶，无视日光、月华轮番在百叶窗上打底，细细密密、轻轻浅浅编织岁月的经络，无视身边那些女子的注目与殷勤，直到遇见另一个她。那时他已三十来岁，工作作风和穿衣打扮都俨然是安的翻版。女友大学刚毕业，有着与安惊人相似的尖下巴和风目，娇憨甜美，见了面常连珠似的说着一天的见闻，声音急促清脆得像玻璃瓶里的珠子，笑起来则前仰后合，毫无心机般可爱。那天他把香水精心包装了送给她，她打开香水盖便撅起嘴，甜蜜地抱怨着："味道太淡啦！"她们这代人，爱要轰轰烈烈死去活来，衣服要混搭重叠，饰物要繁琐华丽，就连香气也要招摇过市才过瘾。他迫不及待地帮她涂抹在耳垂、皓腕，然后闭上眼睛深嗅，却远不是，记忆中熟悉的香气。那种味道太远，太脆弱，已像一缕清烟消失在天际，永不可得。

他不知道吗，香水味是每个人的皮肤、肌肉、头发混合香水后所带来的的混合物，微妙、神秘。世上哪有一模一样的香水味，就像每段感情都是不可复制，永远不会原版重现。

辑一　关情

# 海边除夕夜

　　去年除夕夜,是你和她相识第一个月零三天,也是你们第一次分开超过两天。她留在厦门,而你于除夕前一天,驱车回到180公里之遥的东山小城,思念也绵绵长长拖曳了整整180公里。除夕夜23时52分,你打来电话,说这个除夕夜你心神不宁。小城的年依然热闹无比,门口的石条街像一条流动的河,流淌着欢乐祥和的气氛。杀鸡宰猪的叫声,孩子们追逐玩耍的笑声,家家户户做鱼卷时油锅的滋滋声,响成一片忙碌而和谐的曲子。可你心里空落落的,不知不觉一个人走到海边。海很近,就在家门口十来米处。老家空气真好啊,满天繁星历历在目,低低俯下头来看护着你,远处隐约有灯火闪烁。

　　她走出阳台,天空黑如墨色。城市的天空不够纯净,视野不够开阔,她看不见星斗。但她可以想象那个纯真的大男孩,怎样独自一人在静谧的海边听涛声阵阵,大声呼喊心爱女孩的名字,又是怎样仰头看繁星点点,对着心爱女孩的星座,许下那动人的心愿?远隔的爱,如黑暗中的演奏,虽然看不到彼此,可你悠扬的乐声将化作温柔手指轻触她面庞,而她也会在远处报以热烈的掌声回应。

　　潮水依旧晨夕涨落,今年农历十月她成了你的新嫁娘,除夕正好是你们结婚满两个月,多有意义的日子啊!是谁写:恋爱是首抒情诗，婚姻则是一本凑不成言情小说的流水帐。她却觉得你们的日子如小提琴曲，悠扬缠绵。翠竹生春，烛影摇红，你们并肩走上红地毯的情景仿佛还在昨日。大门上那崭新的喜字尚未揭下，你们手植的茶花已经盛开，还有昨天特地买来的蝴蝶兰和水仙，是过年应景的花儿，绽放如玲珑的樱络……似这般醇醪的气氛。除夕夜她会和你一起回到海边小城，在家陪母亲吃完丰盛的围炉饭，去亲戚家串串门派派红包后，你们再携手到沙滩漫步。夜色凉如水，你当拥她入怀，略带腥味的风儿会拂过她的发稍，星光会照着那两排深深浅浅的脚印，海水会欢笑着翻滚上来，再席卷而去。对照手里的星座图，你们指点出彼此所属星座——射手、金牛的位置。待到零时钟声响起，身后炮竹如雷烟花升空时，让你们再双双对着自己的星座许下新年愿望。

　　如果婚姻注定平淡琐碎，就像灿烂烟火喧嚣炮仗过后，留下满地不复美丽的碎屑，那么亲爱的，就让她做你一世温柔平凡的妻。在每年的海边除夕夜，静静回忆过去，展望未来，一起祈祷彼此幸福安康！

## 洋快餐

在身边朋友纷纷步入婚姻殿堂后,她的生活寂寞了不少。时尚的她倒不以为意,平时上班下班,周末睡到日上三竿后,拿几本书去隔壁的洋快餐店打发午饭,消磨一个下午的悠闲时间。想想几个闺中好友,此时正云鬓散乱在厨房里大干快上时,她不禁惬意地笑了,结婚有什么好,还是单身最潇洒。

那天周末她照常在洋快餐店里,一边咬着汉堡一边翻阅新买的《瑞丽》,此时手机响起,是闺中老友约她去逛街。她拿起杂志边说边走,到了门口听到后面有人唤她,回头一看是一位年轻男子,手里正拿着她忘在座位上的挎包。她连连道谢,男人微微一笑:"去哪儿,我顺道送你。"她接过他递来的名片,惊喜地说:"原来你是攀岩教练?""攀岩是岩壁上的芭蕾,有兴趣尝试吗?"简单的交谈后,他邀请她下个周末去体验攀岩。

周末她如约而至,面对攀岩馆高高竖立的岩壁和稀疏散落的凹凸,心底有些发憷。男子是真正的攀岩高手,只见他身体尽量贴近岩壁,依靠双手双脚蹬抓岩面上突起的支点或裂缝,向上移动、攀登,做出各种高难度的动作,流畅漂亮。男子健美的身姿、勇往直前的气魄和精湛的攀登技巧深深打动了她,从此她也成为攀岩爱好者。在男子的悉心培训下,她的动作一天天熟练起来,尽情享受着攀岩那种战胜自我取得成功后的成就感。日子流水般逝去，两人渐渐难舍难分，相聚的地点也从攀岩馆延伸到花前月下。当她怀着模糊的喜悦，把一切都交给他时，开始在心底暗暗期待做他最美的新娘。可他似乎浑然不觉她的心思，只是一味把每个约会的日子安排得浪漫甜蜜。

那日他们手牵着手沿着长堤漫步，初夏的天空似整幅湛蓝的画布，让人的心不由得摇曳起来。海边恰有新人在拍照，娇俏的新娘忽而凤冠霞帔，忽而洁白婚纱，双颊映着太阳的金色光芒，依向新郎怀里的姿态有全身心的爱情。她看得无限神往，顺势委婉提起结婚的话题，他却愕然："我向来讨厌婚姻的束缚，我以为你和我一样，也是不婚一族……"浪花在身后喧哗着卷上堤岸，泪流满面的她再也看不清脚下的路。

万般难过后，她又是形单影只一个人。仿佛血肉模糊的伤口即将痊愈，却忍不住要时时检视。她再次来到那间他们初识的洋快餐店，当初的愉悦心情早已荡然无存，明亮的灯光下她黯然神伤。这时她才明白，那个男子原来只想享受一份时尚洋快餐，她想要的居家饮食他永远都给不了。

## 迷你沙雕

　　海边出生的她，小时候就很喜欢玩泥巴。常常独自在沙滩上堆砌沙子，连母亲唤她回家吃饭都没听到。长大后的她，自然而然迷上了沙雕，最普通的沙和水，通过堆、挖、雕、掏、吹等手法，在沙雕艺术家的手下逐渐成型，融合了雕塑、绘画、建筑、体育、户外娱乐等元素，让人回味无穷。

　　海边有新沙雕展出，据说此次展览汇集了当前国内最出色的沙雕艺术家，这样的盛事她当然不会错过。众多沙雕里，她一眼就被那尊雄浑的"中国魂"吸引住了：曲折绵延的古长城背景烘托下，高大威武的将士栩栩如生。一白衣男子正埋头忙碌着，晒得古铜色的肌肤上挂满了汗珠。是谁说的"工作的男人最性感"，男子抬头擦汗，正与她目光相触，那一刻，都在对方的眼睛里读到了心跳。

　　呵，这样的相遇太美，他们顺理成章地恋爱了，花前月下无尽浪漫。当他送她一尊迷你彩色沙雕，密封的透明玻璃罩保护下，是他俩的头像，如鸳鸯交颈般互相依偎时，她红着脸答应了他的求婚。

　　婚后他照例常到外地出差，制作沙雕，把美丽带给各处海滩，却把无边的寂寞和烦恼留给她。柴米油盐酱醋茶，房子孩子菜篮子，家里家外样样事都不能省心。爱情如同沙雕，在平淡的现实中一点点磨灭原先的印痕，她逐渐失望起来，在一次次午后明澈的阳光和黄昏的孤单里自怨自艾，抱怨婚姻缺少激情，缺少浪漫，也缺少永恒的味道。俗事累积重重矛盾，貌似平静的生活底下暗礁密布，终于在一次狂燥暴怒的争吵过后，她提出了分手。他痛苦地看着她，希望她能再冷静考虑，就匆匆赶往下一个城市。

他走后，屋内重新陷入无边的宁静。她托着头，望着窗外黄色的银杏叶，仿佛开着一窗繁丽的花．黄昏来临以前的天色，明净而高远。秋气里的一切都是阔别的，正在阔别……波德莱尔在《忧郁的巴黎》里，曾经写下：《世界以外哪儿都可以》。是的，生活！我要离开，世界以外，哪儿都可以！她自觉主意已定，收拾起物品，准备搬出去住，忙乱中失手把那尊沙雕碰落在地。

心痛地拾起玻璃罩，她不由得怔住了。美丽的沙雕洒成一地散沙，满盘落索，还原成沙子的本色：粗糙、琐碎、平淡无奇，甚至还有些杂质。她联想起海滩上那些曾经亮丽一时的沙雕，虽然外表经过喷洒特定胶水加固，被风雨慢慢侵蚀、被海水冲击，几个月后也只留下一堆沙子。她忽然领悟过来，爱情本质上不也是如此吗？沙雕是初恋和热恋时期的爱情，美丽眩目，然而短暂。等到沙雕还原成沙子时，那是漫漫婚姻生活中的爱情，平淡乏味。她为失去的浪漫哭泣，而忽略了他平日里待她的千百般好来。

泪眼婆娑中她环顾四周，一间小小的蜗居，满室寻常的生活气息。他临走前晾挂在阳台上的窗帘，在落日余辉里暖暖地开满了花朵。床头是他为她买回的护眼台灯，还有昨晚在灯下阅读的那本书，她曾逛全城书店遍寻不获，偶尔提起他却记在心里，这次出差殷殷买了回来。就连手中这杯半温半凉的玫瑰花茶，也是临走前他泡好的。

暮色一层层笼罩上来，她的忧伤与暴怒，在如许温暖的夜色里一点一点地释然了。原来融化在朝朝暮暮一粥一饭里的恩爱，才是生活中最永恒最实在的浪漫呵！

她哽咽地拿起电话，拨通了那个最熟悉的号码："你什么时候回来？亲爱的，我想你。"

# 出 口

结婚 8 年了。

婚后生活是平淡幸福的,他在单位身居要职,经济优渥,她自己的工作清闲体面,小孩也乖巧聪明,一切似乎尽如人意。可随着他官职的升迁,应酬的增多,有一丝隐忧悄悄爬上她的心头:经过岁月的洗礼,当年瘦削略带腼腆的大男孩已成长为成熟有魅力的成功男士,再看看自己,眼角爬上了几条浅浅的皱纹,那皱纹长在男人脸上,是沧桑;长在女人脸上,却成了凋残。身体也日渐珠圆玉润,不复少女时的轻灵。想想外面各种诱惑,她有种莫名的担心。

不知不觉地,她开始打电话盘问他行踪,打听他与女同事的关系;偷查他的手机短信息、通信记录,还有信用卡消费单;翻他的钱包、口袋,晚归时闻他衣服的味道……每次都一无所获。她暗自松了口气,可转念一想:"这次没事,说不定下次……"周而复始,这些行为似乎已成了习惯。觉察到她的举止,几次解释无效后,他沉默了。他工作繁忙,各项考核指标压力重重,还有竞争对手虎视眈眈着,都须打起十二分精神面对,回来后还不能放松身心,这样的家谈何温馨。

他不爱她了吗,婚姻会走到尽头吗?终日疑神疑鬼,再加上睡眠不足,她变得有些神经质,心情抑郁,每日清晨醒来总感觉胸闷，如石块压在心口一般。

一日他难得有闲，陪她到商场购物。广播里突然传来一阵声音："各位顾客请注意，本商场楼上发生火情，请大家不要惊慌，听从保安人员的指挥，按顺序往安全出口走。"原本安静的人群顿时躁动起来，大家争先恐后地往安全出口涌了过去，他们被挤在当中，缺氧、局促、呼吸困难……那种熟悉的窒息感又来了，她不由得仓皇捂紧胸口。慌乱中只感觉到他的手臂一直拉着她，奋力前行，茫茫人海嘈杂声响中，这是她仅有的依靠。

终于安全地冲了下来，站在宽阔的广场上，隐隐可以看到滚滚浓烟和火光从大厦的窗户透出。仿佛劫后余生般，他紧紧地拥抱着她不肯放手。她软软地靠在他身上，深深呼吸着，第一次强烈感受到氧气的珍贵。清凉的晚风翻拂着衣角，她忽然似有所悟。如果没有紧急出口，那唯一通往氧气的求生通道，他们今天可能就有生命之虞，婚姻不也是如此吗？她用诸多猜疑封杀了婚姻，让它窒息，却忘了打开安全出口，让氧气充溢进来，给爱一条生路。这个出口就叫——"信任"。

# 白菊花

她是公司前台的销售员,他是坐她身后的电脑主管。蓝色条纹制服穿在他们身上,天生像情侣装。可惜她相貌极不起眼,又常低眉顺眼,朴素得像他桌上水杯里的白菊花。

这菊花还是她送的呢。夏季到了,连续几周加班加点,他不觉口干舌燥、眼睛酸涩、视力也开始模糊。那天从电脑前抬起头,他痛苦地揉了揉疲劳的双眼,这时她转身悄悄递上一包白菊花,还有一双含笑的眼睛:"上火啦?试试这个。"他也笑笑,随手拿了几朵干枯的花朵,丢进玻璃杯里,再冲入沸水,白菊花在水里打着转儿。忙乱了一阵,他拿起水杯,不禁愣住了,原本萎谢的花瓣在杯中开水的浸润下,已经舒展开来,恢复了怒放时的娇嫩美丽,丝丝花瓣晶莹无暇,开水也变成了淡淡的橙黄色,喝起来口感还真不错。

由于都是单身汉,他们班组的几个人下班后常一起聚餐、活动,呆在一起的时间竟比家人长。日子像水般流逝,他对她的情义似有察觉,可惜对着她普通的面容,他总是没有说出那句话。他的心是不羁无定的风,向往着山外美丽的风景。直到另一个他说出了那样的话,她接受了北方老家一位同学的追求,回家结婚安家,工作也辞掉了。没有说出口的爱情和友情并没有任何差别,临行时她送给他一大包白菊花，告诉他应多喝白菊花，此茶可去毒，对体内积存的有害性化学和放射性物质、都有抵抗排除的疗效，很适合他这种每天接触电脑的办公一族。

　　铁打的营盘流水的兵，他面前的那张桌子没空两天就被一位新来的大学生占据了，日子一样的忙乱，可他却感觉生活似乎缺少了什么。他现在已经习惯每天都泡上几朵白菊花，看着每一丝枯黄的花瓣在水里盘旋漂浮，恢复了初生时的娇柔，便会不经意想起远方的她，淡淡的牵挂与想念。他想一朵朵干枯的菊花也许就像一个个女孩敏感细致的内心，等待着温暖和滋润。只要你能象一杯热水般耐心、包容，就能让她绽放出心中的花朵，只为你一人盛开，可惜的是他当初无心挖掘她独特的美丽。那天他拨通了她的电话，话筒里她的声音还是一样轻声细语，问他白菊花喝完了没，教他以后买白菊花时记得要挑选又小又丑且颜色泛黄的才是上选，还邀请他和同事有空过来她居住的城市玩，简单说了两句就挂了电话。

　　他有点怅然若失，拿起杯子才发现白菊花在水汽的蒸腾下，花瓣慢慢变形发蔫，有种憔悴的疲惫。他犹豫地倒掉，重新泡了一杯，白菊花依旧在热水的滋润下迅速舒展、渐渐沉落在杯底，软软地堆积着……似一场久远的往事，往事已落幕。

# 熏衣草

她独爱熏衣草。

衣橱挂的是熏衣草香袋，气味清雅悠长。床头的香熏灯上，浅黄色的熏衣草精油散发着淡淡草香，抚慰着她度过漫漫长夜。

熏衣草的传说令人惆怅。地中海普罗旺斯地区遍布紫色熏衣草，少女整日在山谷里采花，对外面的世界充满好奇。一天她遇到一位受伤英俊青年，便带他回家疗伤，青年伤愈后，两人也坠入了情网。少女不顾家人反对要随青年远行，村里的老奶奶把一束初开的熏衣草花束给少女，称其香气会使不洁之物现形。出发那天清晨，半信半疑的少女将藏在衣兜内的熏衣草丢到青年身上，一阵紫烟升起，青年随之消失，只留下一句："其实我就是你想远行的心……"

惆怅的还有她的心情。她和他在一次聚会中偶遇，这样的热闹场面，相貌并不出众的她照例淡淡妆，独坐一隅，素雅如菊，不料却吸引了他的目光。他从众人的簇拥中抽身而出，仿佛在命运的河流里一路分波逐浪，来到她面前。

是被她的秀婉聪慧所吸引吧。那次聚会之后，他经常约她在咖啡馆小聚，他成熟温厚外表掩盖下的脆弱孤独让她心疼。每次她都要点上一壶熏衣草茶，白色的蜡烛、金色的火焰，紫色的花瓣在透明的茶壶里旋转翻滚，逐渐牵扯出缕缕汁液，缓缓渗入水中。他细心地给她斟上，再挤上几滴柠檬汁，灰紫色的茶水神奇地变成了粉红。

该怎样形容他们的关系？比普通朋友亲近，比男女朋友疏远。也许他需要的只是一个心灵的倾听者；也许，他们之间缺少的正是那几滴柠檬汁，那可以发酵成爱情的因子。他一直不动声色，而她，终于在这份暧昧不明的情感中沦陷了下去。

再续几次水，熏衣草茶渐渐地淡了颜色，他礼貌地起身送她回家。黑色的车子静静地行驶在黑色的夜里，路灯不断地被抛在车窗后，流离成丝带般的星光，像她的青春岁月，就这么无声流走。到了家门口，互道"再见"，车子绝尘而去，没有痕迹可寻，只有唇齿间还依稀留着熏衣草的余香。

"没见过像你这么喜欢熏衣草的女孩"，想起他刚才说的话，她微微一笑，浅笑里有一丝无奈。单身大龄男女的世界里，更多的是试探、矜持和患得患失。如何让他知道，熏衣草的花语就是"等待爱情"呢？

# 蝴蝶标本

他们在培训班上相遇，地点是风景如画的蝴蝶泉。那时她刚参加工作不久，第一次单独出远门，心里不免有些慌张。手忙脚乱地下了飞机，到酒店会务组办理完入住手续，才稍松了口气，转眼又找不到手机，正着急时，"小姐，你的东西掉了。"她回头看见一位三十开外的男子，米色的休闲裤上套着一件深咖啡色的毛衣，手里拿着她的手机。"谢谢你！"能将毛衣穿得养眼的中年男人已经少见了，她不禁多看了他两眼。次日，在课堂上她意外地看到他，心里不知怎的有些欢喜。再看他面前摆放着的名牌，原来是他，一个颇有分量的名字，她很欣赏他在著作里阐述的某些观点，没想到他如此年轻。仿佛春风拂过水面般，一种异样的感觉使她心跳加快。

空气中有种透明的凉，初秋的城市像一个熟果散发着微香。晚自习上她无心看书，像个贪玩的孩童偷溜到蝴蝶馆参观。各色珍稀蝴蝶标本旖丽精美，隔着玻璃橱窗散发着动人心弦的气息。她无意中看到一个熟悉的身影，原来他也逃课了。他调皮地朝她笑笑，彼此心照不宣。喜悦的涟漪在她心头荡起，荡呀荡得她熏然欲醉。两人出了馆，沿街一溜排兜售的都是蝴蝶标本，恰似两条彩带飘舞。她驻足拈起一枚紫凤蝶仔细端详，浅紫深紫暗紫亮紫……不同层次的紫色汇集在纤小的双翼上，组成一圈圈的条纹图案，诉说着不为人知的心事。"喜欢吗？送给你。"他微笑地付了钱，眼眸清亮得像天上的星子。

生命中一些人的出现，使得人生繁华。他们相约逛遍这座城市的街头巷尾。来自兰州的他伟岸爽朗，眉宇间透着一股英气，处处像个宽厚的兄长。她想她是在爱了，双颊桃红，满心的甜蜜喜悦止不住往外溢着。仿佛觉察到了什么，他有意无意地说起交往三年婚期已近的女友。"恭喜！"她嘴里说着，心却隐隐作痛起来。

八天时间特别短，培训班上的同学转眼要各分东西。临行前她不顾小女孩的矜持，脱口而出："如果我愿意到兰州工作……"她明知他们的缘分如蝴蝶般脆弱，不可把握于掌心之中，可她有大把的青春与激情。人生短暂真爱难求，纵使希望渺茫，总要尽力争取才不会留下遗憾。他爱怜地拍拍她的肩膀，摇了摇头："多保重，小姑娘。"转身离去。

回程的飞机上，她珍惜地拿起那枚蝴蝶标本把玩。机舱外碧空如洗，大团大团的白云在机翼下漂浮着，是不染尘埃的纯净世界。她深深吸了口气，决定把对他的爱和美好回忆封成标本，就此放飞一段应该放飞的感情。就像手里的紫凤蝶，待到老的时候翻出来回味心头仍有余温。今后，还会有蝴蝶不断飞入她的眼帘，可再见已是寻常。

# 春日·桃花

　　自他走后,岁月对你来说仿佛已经停滞。春分已过,雨季初歇,四处阳气暗涌,万物复苏,你忽然想去梅山散散心。

　　一条小径蜿蜒而上,间有一小店,店里的老板娘热络地指指方向。道个扰,循路而上,你便在梅山的春天里悠悠荡荡,四处张望。风被春阳熏暖,空气中有新生的草木气息。红硕的木棉花肆意铺陈成一树灿烂的华章,美得厚重扎实,隐约还能听到花苞迸开的颤音;相思树上少许小小黄黄的绒球在枝头怯怯张望,刺探着春意浓薄;凤凰木干瘦的枝桠沉默地伸向天空,不动声色地积蓄着力量,在即将到来的夏季它会绽放出热烈的火炬。

　　继续向上、向上,眼前豁然开朗。一泓碧水跃入眼帘,似幽深的眼眸,眸里天光云影共徘徊,潭边水草萋萋,犹如碧水挺立的睫毛。然后有笑语将你惊动。池边一对老夫妇,大概是走乏了在此歇脚。老妇人依靠在老大爷的肩头,微微喘息,老大爷拿着保温瓶,正往老妇人的嘴里喂,老妇人推着躲着,抬头看见愣在一旁青春俏丽的你,她脸上泛起了一抹羞涩的红霞。春日淡金的阳光下,这样一幕温馨的画面竟使你无语哽咽,要知道,你的心已孤单了太久。

　　就这样游走在四月,看着春天在你面前低吟浅唱。此刻有短信悄然而至,是体贴的另一个他提醒你,春寒料峭注意保暖。他一直怜你宠你，可你的眼神总漠然漂向远处，远处是虚幻飘忽的往事你不愿抽离。这么多年你画地为牢，把自己筑成一座固若金汤的城池，别人攻不进来你也无意走出去。此时，尼姑庵后的几株桃花映入你眼帘，灿若云霞，花瓣儿菲薄菲薄的，在明媚的阳光下招摇。你想起唐代那位姓崔的才子的诗，人面不知何处去／桃花依旧笑春风。一样的蒹霞四月，少年意气风发进京赴考，无意中瞥见木门后那女子低头微微浅笑，偶然的相遇辗转缠绵成刻骨的思念。来年桃花依旧，芳踪已杳，面对一树绚烂翻飞的桃花，心中难言的惆怅和哀伤应是更行更远还生吧？你蓦然醒悟，桃花情事虽然令人怀念，可满树的桃花又有多少能结成果？爱情亦是如此吧，纵有千万种结局，可只有兼具花开之灿烂，果结之甜美才是最完美圆满的。徒有花，或只有果，终究是人生的一种缺憾。你问自己，为何不收回眺望已久的目光，驻足回首？满目青山空望远，不如怜取眼前人。隆冬苦雨已然过去，四月，春潮涌动的四月里，或许身边那株默默守侯已久的桃树，会让春意长驻心头，不是吗？

阳光在渐渐变暖。

# 红叶

她没想到珍藏的那枚红叶竟然不是真正的枫叶。

大学校园里，秀外慧中的她颇引人注目，众多的追求者中，她只喜欢和伟、枫在一起。伟是她青梅竹马的伙伴，两人的父亲都是该所大学的知名教授，枫和她同系，一个活跃的学生会干部。三人行局面持续一段时间后，她的天平逐渐倾向了枫。伟稳重内敛得像憨厚的哥哥，枫则帅气风趣多了，常做些出其不意的浪漫举动让她惊喜。恋爱关系确定后，伟虽暗自伤心，但待她仍一如往昔。爱情盛开如繁花，甜蜜的时光过得飞快，临近毕业，枫忽然提出了出国留学的想法，暗示希望通过她父亲的关系打点一切，并描绘了两人未来美好的蓝图。她虽然颇感意外，但还是说动父亲，联系上英国一所大学，顺利地办理所有手续，并申请到全额奖学金。

"'秋风生起时，红泪作相思'，我不在的日子，就让这片枫叶代替我陪你好吗？"临别时枫深情款款地对她说。自君离别后，流泪到天明，守候的日子寂寞而漫长，她常对着枫叶发呆，椭圆形的红叶真像一滴离人泪呵！刚开始，枫的电话邮件往来不断，半年后，开始慢慢少了。三个月的杳无音讯后，她终于等到了他的邮件，还有一张两万美元的汇款单。信里对过去的美好时光进行了情真意切的回顾，并非常痛苦地表示，他的英国同学芬妮苦恋他已久，他当然是毫不动心的，可现在芬妮检查出身患癌症，时日无多，她此生最大的愿望就是嫁给他。经过几日几夜不眠不休的思想斗争，他最终决定成全她的心愿。这个消息彻底击倒了她，在她父母亲的默许下，伟悉心照顾，天天陪在她身边。一年后，他们顺理成章地结婚了。婚后生活平静安逸，不可否认伟是个好丈夫，当初如果没有枫的出现，她一定会选择伟。可事实是至今她对枫无法忘怀，无论时间如何流逝如水，记忆仍会似水面上漂浮的红叶，泅渡而来。

　　结婚周年，正值秋高气爽的时节，体贴的伟提议去北京旅游。在京的学姐热情地招待了他们，学姐当年和枫同去英国留学，现是时髦的海归派。她婉转地问起枫的近况，学姐不屑地说："和枫结婚的芬妮是个富家女，枫追她时可花了不少心思，绿卡、金钱、地位总算都被他捞到了，这样见钱眼开的男人还提他作啥？"血色像潮水般迅速褪去，她的脸瞬间苍白如纸。伟见状打破沉默，提议道："去香山赏枫叶吧？"万山红遍，大片枫红的色彩，肆意铺洒，山愈高，色愈浓，如火似锦。伟指着一棵红得最灿烂的树："知道这是什么吗？"枫树，这还用问吗？"很多人都以为香山红叶就是枫叶，其实这是个误会。它叫黄栌，卵形的叶片是殷红色的，枫树的叶子则是三角鹅掌状，色彩鲜红，给人感觉更明快。"就像她的爱情，不是吗？苦苦珍藏为之神伤的只是一场错爱，她幡然顿悟，心结尽释，明白了此行伟的苦心。这个长久守候在身边的男人，像山一样沉默伟岸，岂是那片轻飘虚浮的枫叶所能比拟？望着伟深情的双眸，她第一次全身心地投入他的怀抱，仿佛就此拥住了今生的幸福。一阵微风拂过，满山栌叶随之翻卷，红得似乎更加耀眼。

# 相思的香气

一到四月,仿佛是一夜之间,山坡上一些按捺不住的相思树,"哗"的一声把柔软的小花球全部释放出来。起初是点点碎金,到了五月,阳光轻薄如蝉翼的五月,几乎所有的树都等不及了,争先恐后,绽放出粉黄如绒球的一簇簇花来,如喷泉如瀑布,又像是层层叠叠的浪花,纠缠在一起,扯不开分不离,在风中粲然招展,开成了一个斑斓艳丽的花季。相思树的叶子也让人惊喜,满树纤纤小小的叶子,宛如一枚上弦月,又如仕女画里的一弯秀眉,在枝上左右平行地排列着,紧密如篦,梳理着远远的天色。

那时喜欢和你,在开满相思花的山坡上奔跑,蓬起的长裙罩住了满捧的阳光和笑声,或在树下并肩而坐,呢喃细语间,一回首总见你满是眷恋的粲然微笑,或悠然静恬的侧耳倾听。彼时彼刻,有一缕暗香,如纱如网,有意无意、飘忽不定地袭来,馥郁迷人,如中蛊术。想深深深呼吸,可这满坡的盛宴,你我小小的双肺,能吸纳多少芳泽呢?

后来只剩我在树下独坐,翻阅着你的信笺,那天你笑着随意写下"红豆生南国,春来发几枝,愿君多采撷,此物最相思",现却成了我的珍藏。今时再翻起这些深情缱绻的词句,一阵微风吹过,满树黄色的绒球回旋飞舞,落英缤纷,仍挟着淡淡的清香。相思是美得让人发愁的花，在春日独有的清丽宁静里，酝酿透明微熏的酒意，缓缓浸透我一袭薄衫。转眼已是初冬季节，今晚微凉的月色恰似那年春夜，记忆里的香气悄然袭来，袭来。

　　花开有期，相思无涯。

## 花 凋

周末回老家,阳光很好的下午,小城的街道温馨亲切。路上忽然有人唤我,回头看见一位胖妇人左手牵着小男孩,右手正使劲朝我挥动。我只觉她眉眼似曾相识,却一时想不起来,正迷惑时,"是我啊",她走上前来,热情地大声嚷着:"我是琴,你忘啦?"

哦,是她!琴是我小学时的同桌,亲如姐妹。在那无忧的闺阁里,蝉声不绝的夏日午后,我们头靠头做完作业,肩并肩躺在窄窄的女儿床上,聊着永远也说不完的悄悄话。在我记忆里,没见过比她更美的女孩儿,说话轻柔甜糯,极标致的五官,骨子里透出的聪慧纯美使她看起来光彩夺目,连同为女儿家的我也迷失在她眩目脱俗的气韵里。琴是学校文艺队的领舞,走在路上,扎得高高的马尾一甩一甩的,像头春天的小鹿。所有人都回头看她,想着这位备受造物主眷顾的精灵,天使般纯净美好,该会有怎样如花灿烂的未来?小学毕业后她考入另一家中学,不同的生活轨迹使我们逐渐疏远。我只知道她出落得愈发艳丽,美名远扬。偶尔在路上碰到,总看到她骑着自行车,和大群男生呼啸而过,那时我的心隐隐有种莫名担忧。高考时琴未能考入大学,在商店里做售货员,后来嫁人了,婚后没再上班,没想到今日不期而遇。

琴满足地说起夫家的权势与财力,说她现在每天逛逛街打打麻将带带儿子，生活得很滋润，语气中不无炫耀之意，手上的黄金项链和白金钻戒随着手势大幅度起落。旁边的小男孩不耐烦地哭闹起来，琴厌恶地在他屁股上重重地打了一巴掌："讨债鬼，我上辈子欠你的！"男孩哭得更大声了，她匆匆和我道了别，嘴里一边骂骂咧咧地走了。人群中，她略嫌臃肿的背影那么普通，与记忆里灵动的少女判若两人。

我惋惜不已，如果在琴的成长过程中，有那么一两位智者牵引，也许她还能继续拥有那份独特的灵性，涂写更美的人生画卷，可她周围都是和她一样混沌的人，只能任由她的灵气如残叶般坠落。或许琴还可以阅读，在书籍里寻找知识与智慧，从而把自己生命引向另一种高度和暖度，可惜她没有。如今的她只是一位风韵尚存的寻常妇人，昔日的灵秀纯净荡然无存，犹如一块璞玉未经雕琢，最终没入泥泞，了无光彩。没有丰富心灵和高尚精神的滋养，有些美丽就这么容易凋谢。

阳光很好的下午，小城的街道温馨如故，我的心情却有些失落。

# 七里香

　　读高中的时候，坐在她后面的男生，平头、浓眉大眼，紧闭的嘴角透着股犟劲儿。高中三年她和他很少讲话，那时几乎全班的男生与女生都是如此。比起他的优异，她的成绩只能算中等，有时碰到疑难问题她会转过身去问他，他每每回答得非常详细。解完题后，两人才顺口聊上几句，此刻他的眼睛往往笑得眯成一条缝，整张脸都生动起来。

　　那时席慕容的诗正风靡校园，婉约的文字给紧张的学习生活带来一股清新舒缓的风。她最喜欢那本《七里香》，因此也爱上七里香这种花儿。一次课间休息她偶然和同桌谈起，说它不如玫瑰娇艳，不如百合芳香，却有着持久的香气和秀美的花形，惹人怜爱。次日清晨，她照例急匆匆地冲到课桌前坐定后，鼻子却隐约闻到香气，俯身看去，抽屉里放着一枝花，细密姣白的花被青翠的绿叶映托得更加娇美，是七里香！她不禁脱口而出："呀，是哪个采花大盗摘的？""你说啥！"后桌的他有点愠怒。她一愣，回头看了看他。他似乎意识到自己的失态，头低了下来，拿起笔，在纸上随意涂抹起来。仿佛电石火花般，她回想起他平时的一言一笑，心突然异样地震动了一下，仿佛一块石头丢进了湖里，平静的水面泛起了圈圈涟漪，脸也开始发烫。

从那天起，课桌抽屉每日都放着一小枝七里香，养眼的绿叶白花仿佛让繁重的功课也轻松了许多。高考前三天，抽屉里的花悄悄地换成了玫瑰。她仍是一笑置之，什么也没说。年轻的心以为还有长长的一生呢，何况高考过后只是次寻常的假期，假期过了还能再见，不需要急着表白。谁知，紧张的三天高考过后，同学就像浮云般纷纷散去。接着，他去上海读大学，毕业后留在了上海。也许他是感觉到受伤了，也许……没有也许，总之两人再没有联系过，她对他的印象也逐渐淡漠。

十年后的某个夏夜，她已是成熟优雅的妇人，饭后携丈夫稚子漫步街头，偶然听到音像店里传来周杰伦的《七里香》："你突然对我说/七里香的名字很美/我此刻却只想亲吻你倔强的嘴……"。她幽幽想起高中时期每日清晨那枝沾着露珠的七里香，还有那朵欲说还休的玫瑰，是少年青涩心事隐讳的表达，是她记忆里最美的芬芳。她才恍然意识到，原来他一直深藏在她内心深处，如此不动声色而又无处不在。这么多年来她寻寻觅觅，最后尘埃落定的那份爱情不就象那七里香般淡淡的，却韵味悠长吗？入夜，她睡着了，梦中似有七里香的香气萦绕一室。

# 凤凰花

他从家里逃了出来，突然想到久违的大学校园去透透气。

六年了，校园里风景更佳。最醒目的仍是一大簇一大簇肆意燃烧的凤凰花，如火焰般美丽。似乎有人开了染坊，就这么把整个校园点红。

三三两两的学子散落在草地里，或聊天或看书，年轻的面庞神采飞扬。他心里泛起一阵惆怅，他也曾这么意气风发过，在春光一样的年华。身边是娇美纯真的她，有如瀑长发，低首浅浅一笑如凤凰花在晨雾里含苞，让他迷醉不已。平生第一次尝到两情缱绻的滋味，满心是喜悦和甜美，只希望时光就此停驻。

然而时光不会就此停驻，转眼临近毕业，分配的严峻问题摆在眼前。当他又一次捏着求职信满天大汗地回到宿舍时，心开始动摇了。同班的另一个她长相一般，性格泼辣，曾多次有意无意地向他示好。要在以往，他当然看不上，可她父亲身居要职，如果……终于他做了人生中第一个重大决定。

这总在俪歌高唱季节开放的花朵，默默地燃放着离情别绪。他脚步沉重，婚后的生活并不如想象中快乐。她居高临下的口气，不时暗示他所拥有的一切都是因为她的赐予，家里压抑的空气让他窒息，何况他对她根本就谈不上爱。工作乏善可陈，一年年的混，慢慢等着往上升，专业知识早就丢光了。人生大局已定，仿佛一眼就可以望到尽头。这样死水般的生活是他想要的吗？午夜梦回，凤凰木下的开怀笑声已恍若隔世。

他突然脚步一顿，几乎不敢相信自己的眼睛，迎面袅袅婷婷走来的正是初恋的她。六年不见，风采更胜从前，微卷的短发显得精干俏丽。最动人是那自信的双眸，顾盼神飞，清亮如天上的星星。那场情伤似乎没有在她身上留下任何痕迹。相比起来，他如进入暮年的老头，锐气全无。他不禁自形惭秽起来。

"你好。"她好象面对天天见面不痛不痒的熟人，表情波澜不惊。相互交换名片，原来她已是该行业的翘楚，今天过来母校图书馆查阅资料。几句寒暄过后，她潇洒地挥挥手，留给他一个帅气的背影。踩着满地落红，从他的视线中离开。他怔忡地站着，任凭风的舞蹈，吹起漫天飞舞的花瓣。

"祝福你，希望你过得比我好！"这是他在那封信里写给她的最后一句话，如今似乎已应验了。是呵，一季花事已了，还有下一季的花开。她是如此的好，生活自会回报给她繁花生树的灿烂。暮色四合，恍惚中他觉得她就是那株凤凰木，坚强地矗立着，不攀缘、不依附。开出的花燊然如火炬，结成的果实有着坚硬表皮和弯刀似的形状，英气而美丽。

# 玉兰香动

阿玫：

　　四月的银川，天空依旧灰蒙蒙，春寒料峭。你知道吗，今年二月份以来，宁夏地区已经出现了数十次沙尘天气。5、6级风刮起，顷刻之间黄灰色的尘土飞扬，能见度很低，我的心情也黯淡到了极点。当飞机降落在广州新白云机场，花城扑面而来满眼的绿意和灿烂的繁花使我震撼。你生活在这座城市多好啊！算起来我们相识已有五个年头了吧，其间鱼雁往来频繁，却从未见面，甚至连照片都不曾交换过。可能是因为如此，我俩反而更能坦诚相见，成了最知心的朋友。你说，我们之间纯粹的友情就如你楼下的玉兰花绽放。这次有机会出差花城，我答应去看看你。

　　你楼下的两株玉兰开得真美。"沿着石板铺就的小路，两旁有青苔暗暗滋生，一直走到小巷尽头，便能看到两株俏然挺立的玉兰树，玉兰花色洁白，花香扑鼻，那种白，是一大桶牛奶里勾兑了那么一点蜂蜜的白；那种香，则是厚实浓得化不开的香气。花苞完全绽放时，便是落花时候。玉兰树掩映下那栋米黄色小楼是我的蜗居。"按照你的描述，我毫不费力地来到你的小屋前。南方的空气潮湿而微凉，枝头上，一些花正静静地开着，像一盏玲珑剔透的白玉酒杯，仿佛吹弹可破，又似少女微启的娇唇，盛满沁人心脾的琼浆。更多的是一簇簇的苞蕾，像刚出生的婴儿握着粉嘟嘟的小拳头。还有散落在地上的，一片素白，轻轻踏足上去，脚底下便沾上了层香气。我在你楼下徘徊，期待、兴奋的心情里还带了点惴惴不安。在心里暗暗勾勒着你的模样，想像五楼必是你的小窝，因为阳台晾晒着灰色、黑色的衣服，是你喜欢的颜色和款式。犹豫再三，最终我还是没有按响门铃，只是俯身拾了些玉兰花瓣。

在返程的飞机上，在三个小时四十分钟的飞行时间里，我怀里的玉兰仿佛还带着南方的阳光气息，暗香涌动。飞机降落在银川河东机场，天空灰暗依旧，我心却一片宁静。回到家里，珍重地取出盛放在水晶盏里，玉兰花瓣如观音扬枝的手指，纤细洁白，散落其中宛若一幅绝美的抽象画，而满室飘散的，是香水所没有的清雅。对不起，我食言了，但我想我看过你了，这已足够。世事往往如此，距离产生美感，不是吗？我们心目中的对方，都已被重塑和美化。还是不要揭开那层神秘面纱，就让这份玉兰花般姣洁的感情继续美丽下去吧。今夜，隔着万水、隔着千山，玉兰花的香气会在凤凰城和花城的两扇窗前幽幽浮动，我和你同时都闻到了，多好啊！

阿志<br>二〇一一年三月

# 丁 香

一开始是讨厌耳环的。

平素就不喜首饰，总觉得累累赘赘羁羁绊绊，不如一身轻爽来去自在。何况佩戴耳环还得穿耳孔，那份皮肉之痛我没有勇气尝试。偶尔翻起李渔的《闲情偶寄》，看到有"饰耳之物，愈小愈佳……俗名丁香，肖其形也"的字句。呵，丁香，彼时彼刻，似乎有星星点点四溢的芬芳自不知名角落清清渺渺飘来，我的思绪不禁飘飘忽忽地回到了从前。

那是个春寒料峭的四月，我和女友到北京法源寺游玩。几株丁香树默默地绽放，纤细的枝干支撑着一簇簇硕大的花冠，粉白浅紫的小花繁星般缀满枝头。站在树下，有暗香盈袖，我深深地呼吸着醉人的甜，女友却围着丁香树寻找着什么。忽然，她拈住一朵小花，惊喜地轻呼一声："找到了，五瓣丁香！"看着我不解的神情，女友解释道："传说在丁香初开时，找到一朵五瓣丁香，她就会实现你的一个愿望。寺院里的丁香，想必更有灵气呢！"说着，她低下头，虔诚地许着心愿，我却很不以为然。

回厦后，日复一日，当年未许下的愿望不知不觉辗转成心头隐隐的遗憾，可惜厦门的街头找不到丁香的踪影。丁香丁香，没想到耳饰竟有这般雅致的别称。从此转而爱上了耳饰（不穿耳孔，还有夹式耳环可选择呢），搜街时也常在耳饰柜台上流连。那日我终于找到想要的耳环——描金黑色丝绒衬托着，脉脉流转着的光辉，暗暗晕沁的是五瓣磨砂样质地的花朵，淡淡的莹莹的紫，是可以给人带来幸福的五瓣丁香！它仿佛已经静静地躺了几千年，只等着今日与我相遇。

  多好看啊，我欢喜地买下来，当即夹了上去。揽镜自照，小小的丁香缠绵栖息在我耳边，流光溢彩。回家后，忍不住又扑到镜子前臭美，这一照，我愣住了：耳边空空如也。可能是没夹紧吧，耳环不知何时掉了。心急火燎地再去买，却被告知只此一对，别无它货。丁香于我，仿佛只是一场悠忽来去的美梦，梦醒后怅然的心情久久不能平息。我惟一的耳环，我为之苦苦寻觅的丁香。得到了，转眼却又不落痕迹地失去，仿佛人生的许多东西。

# 苍耳子

童年时候，他喜欢和小伙伴们在老家的草坡奔跑玩耍，一场嬉戏下来，衣角袖口到处沾着一种纺锤形的小果，表面呈黄绿色，稍成熟的则是黄棕色，上面密密布满钩刺。回家后母亲洗衣时得一个一个地揪下来，嘴里不免都要埋怨几句，让他更加讨厌这种小果实。上大学后才知道原来它叫"苍耳子"，还是一味具开窍止痛之功效的中草药呢。

大学里他依然是校园里的风云人物，演讲会、文艺晚会、体育场上处处可以见到他英姿矫健的身影，身边总有一群女孩围绕。人生如此顺风顺水，他自我感觉甚好，只有在同乡的她面前。她是他高中三年的同学，有名的美才女，可能是因为对他太了解，她往往在他得意忘形的时候说上几句，犀利的言语一针见血，针针刺痛的都是他的软肋。他不明白，聪慧的她为何只对他偏激呢？越在乎越容易受伤，自负的他久了难免有些悻悻然，放弃了追求她的想法，转而牵起了英语系系花的手。那可是一位温顺的美丽女子，平时总是用崇拜的眼神仰视着他。可能是他身边多了位女朋友的缘故吧，她开始变得沉默，不再挑剔责怪他，只是以后每次再看到她姣美如玉的面容时，他心里就有着模糊的痛楚和失落。这样一朵带刺的玫瑰，不知谁能拥有？

大学毕业后她继续留校深造，他则踌躇满志准备开创一番事业。离校那天，她送他和女朋友到车站，火车徐徐开动，车窗下的她身着白底蓝碎花长裙，细细的发丝被阳光染成金色，似一朵初绽的小雏菊，是他从未见过的温柔，这一幕就这么深深铭刻在他脑海里。几年后他和女友顺理成章地结婚了，时光如水，社会的复杂，世事的历练不知不觉洗去他的浮躁和轻狂。只是夜深人静常会想起她，还有车站临别那一幕。大学同学毕业十周年聚会，她也来了，还是迥然一身，十年不见，她的一举一动一颦一笑依然触动他心弦。散会后同学起哄着要他送她回家，当时他们在学校里原先就是一对公认的金童玉女。两人肩并肩地走着，闲聊起往事旧影。她的话极少，只是偶尔抬头深深地看了他几眼，仿佛要把他每一处轮廓都牢牢刻进心里。到了校门口，他一招手，候客的TAXI驶到面前。"其实当时我很喜欢你。"她淡淡地说，声音低得近乎耳语，在他听来却有如雷霆电击，正愣怔间，她已低头钻进车子，转眼消失在夜色里。

他想起老家的苍耳子，满身的小刺，衣袖拂过处，便缠绵地粘了你一身，可它不是真的想扎你呀！青春时的爱原来也可以用这种扎人的方式表达，他年轻的心竟然不懂，看来他真的需要服用一味开窍药。

## 瓷杯物语

"有些女子就像茶,清淡幽香,千杯不醉,然而——你还是因为她而失眠了。"青叶大抵就是这样的女子。她虽然算不上大美人,可冰肌雪肤,柳叶般的身段,饱览群书又让她透着股不俗的气质。窈窕淑女自有君子好逑,经过无数的相思、月光下的誓言,青叶和他牵手走进婚姻殿堂。

婚后的日子不是不甜香似糖的,他们原本就是极其相爱的一对。可是,总有一些什么,像毛衣里衬衫没有理顺的褶子,总让人无端难受,刺痒……是他的懒散。青叶娇弱敏感又爱整洁,偏偏他是从小就被家人宠坏的独生子,从来不做家务活。当她一次又一次捏起他发臭的袜子,洗刷总也洗不完的碗筷,而他仍端坐电视机前一动不动时,心头的气就像火苗般往上窜。谁能想到,洗衣刷碗这些看似不起眼的小事,往往是新婚夫妻矛盾的开始呢!

转眼临近春节,周末一大早,青叶就张罗着大扫除。要知道过年大扫除很重要,一定要扫得干净,从房顶到犄角旮旯,从吃穿用度一应家具到房门窗户玻璃走廊,把藏在角落里的脏东西和坏运气一起扫掉,这一年才会幸福。可他就是赖在被窝不肯起来,叫了几次未果后,青叶几个月来积压的怨气终于爆发,顺手把衣服往他脸上一扔,夺门而出,不顾他在后面声声叫唤。想起日日烦人的家务，青叶觉得自己就像落入凡尘的七仙女失去心爱的羽衣，再也不能翩翩起舞，书桌上那些风花雪月的文字早已蒙上一层灰，哪有心思去翻看。

是晴好的天气，天湛蓝湛蓝，偶尔有卷边的云，薄薄的，像摊在桌上的丝绸，阳光尤带几分暖意。青叶这才注意到，不知何时起两旁商店已经张灯结彩，挂满春节饰品，红彤彤的灯笼、烫金的春联、闪闪的穗子，童男童女拜年图，一派喜气洋洋的景象，人流如潮，人们兴高采烈购买着年货，年的气氛是越来越浓了。青叶不禁停下脚步，挑选了几件。拎着一串串喜庆的中国结和灯笼，似燃烧的玲珑璎珞，随风摇曳，醉红乱旋。她的心情也好了起来，惦记着他还没吃中饭，便急急回了家。回来意外看见他在厨房里忙碌，笨拙地切菜，高压锅正"嗤嗤"冒汽。他殷勤地迎了上来，递上一杯绿茶，像个知错的小孩子立在旁边。青叶正走得有些口渴，低头轻啜清茶，不发一语。他望着茶杯，沉思片刻说："我觉得瓷杯就像婚姻。用新瓷杯泡茶，瓷杯洁白剔透，令人爱不释手，就像我们的新婚。而后一天天往杯里加茶，加水，则好比生活中的烦心事和家务事，杯壁渐渐有了茶渍，失去原有的光泽，如同一对老夫妻。对爱茶的人来说，这时的茶杯才更有味道，更有价值。"青叶怔住了，面前这个熟悉的大男孩，仿佛一下成熟了很多，呈现出她完全陌生的轮廓。

他伸出手紧紧搂住青叶，俊挺的脸上是浓得化不开的温柔："老婆，夫妻需要相互体谅和照顾，以后我会慢慢改正。下午我们一起大扫除，迎接结婚后的第一个春节，好吗？"他的声音如冬日轻柔的音乐，青叶的眼睛濡湿了，一抬头看见他微笑的面庞。

# 辑二 有味
YOUWEI

许是这不起眼的草蔬吸纳了天地的万千灵气和大自然的甘露精华，才有这么独特的滋味。只要摆几根细而长的芫荽，翠生生乌绿绿，一道道家常菜似乎马上带了几分雅气，几乎可以入画了——像小巧娟秀的江南女子依偎在高大雄浑的北国汉子身旁，肥厚的荤食需要芫荽的清逸之气来解腻，芫荽的清远之味需要浓郁的菜肴来衬托；有时鱼汤大骨汤熬好后丢一把芫荽下去，浓白的汤头里仿佛被映绿了，恍若一把"洒金笺"。

# 咬 春

　　立春这天，母亲一大早就往菜市场赶，大袋小袋地往家里提，远远一看，满篮子的绿意，好像把整个春天都搬回来了。

　　我呢，则负责买春饼皮。摊子前，早早就排了一条长龙。一名中年男子系着围裙，站在两个炉子中间，炉子上烧着两个黑漆漆的平底锅。旁边的大缸里，搁着一大块和好的面团。只见他抓起一坨面团，在手里转了一下，看准锅心，轻轻地往锅底上一点，然后由里向外，由右往左地一蹭，迅速提起面团，那滋润而有流动性的面团，仿佛是长在他手里一样，收放自如。旁边还有一个助手，手里拿着一个小刀片，往面皮周围一刮，面皮四周立即向上翻卷。皮上的水汽干了，双手一揭，一张薄如纱、色如雪的春饼皮就完成了。

　　回到家里，父亲已经把春饼馅准备停当。有韭菜、芹菜、蒜苗、豆干、海蛎、红萝卜、大头菜、春笋、三层肉、荷兰豆、花菜等，10来种菜都切得细细的。将这些备好的菜料倒入热油锅里翻炒，端上桌来，满眼五彩缤纷，菜肴油水充足咸淡得当。佐料盘里盛着花生酥、海苔、厦门甜辣酱，还有一大碗用糯米、干贝煮成的油饭。

　　在我看来，吃春饼是一家人难得的团圆和交流的好时光。说说笑笑中，每个人都自己动手，包成或胖或瘦一条条春卷，用手托着吃。母亲一边吃一边说，吃了包卷芹菜、韭菜、春笋的春饼，会使人们更勤（芹）劳，生命更长久（韭），精神更蓬勃呢。

这么美味的春饼，吃完一卷再吃一卷，最后还得再喝上一碗红糖姜丝汤。热腾腾辣乎乎，只觉得浑身舒坦，五脏六腑无一处不是熨帖。

关于春饼，民间还有传说哩。明朝万历年间，同安人蔡复一在京为官，才华誉满京城，可朝廷里一些奸臣妒其贤能，总想陷害他。他们听说蔡复一能双手同时写字，运笔如神，便在皇帝面前推荐蔡复一抄写历年文书，并要在49天内完成。蔡复一领命之后废寝忘食，顾不上吃饭。蔡夫人看在眼里，急在心里，最后想出一个妙法，就是把那些新鲜菜肴包成"春饼"，送到夫君嘴边，这样蔡复一既可吃上营养均衡的饭菜，又不耽误写字，终于如期完成朝廷使命。

春饼皮形如圆月，薄如纸张，象征"一元复始万象更新"之吉祥，立春吃春饼，是人们对"一年之计在于春"的美好祝愿。在春寒料峭的日子里，一家人围在餐桌前，面对着七大盘八大碗热气腾腾的菜肴，你包我卷，那种团圆欢乐的祥和气氛，让人暖到心头。

# 薄荷凉

据说电脑一族要在电脑旁放些仙人掌之类的绿色植物，以防辐射。一日专程到超市去买，谁知最后却捧了盆薄荷回来。深绿色、边缘有着锯齿形、记忆中熟悉的叶片，那是儿时故乡老屋墙角边四处繁衍的粗贱野物，经常生长在破房子里，一大片一大片疯长了去，偶尔还有开花的，青紫色、淡白色的花冠，在绿莹莹的气息里斑驳地浮动着。乡下蚊子多，小伙伴们常把薄荷叶搓出汁液来涂抹在裸露的手臂和腿上，蚊子都避而远之。如今倒矜贵了起来，娇滴滴地养在精美的花盆里，还好长势依然旺盛。到家后随手放在书桌上，临睡前忽然瞥见，凑近嗅，薄荷叶的清凉气息一如从前。呵，那淡淡的薄荷香，那带着淡淡薄荷香的快乐童年……

小时候有小病小灾的，很少吃药，因为母亲总会变戏法似的弄来各种偏方。薄荷叶炒鸡蛋就是治咳嗽最常用的法子。把薄荷叶切碎，拌在鸡蛋里，加适量的盐，下油锅里划拉两下即可出锅。还未入口，薄荷清远的香气就先飘进鼻孔，金黄色里夹杂着缕缕嫩绿，使你陡生食欲。及至吃到嘴里，鸡蛋的脆酥，伴着薄荷别样的清香，和着淡淡的咸味，真是无上的美味！或者做薄荷茶喝，随手摘几叶丢进开水中，清澈的水里摇曳着几丝翠绿，茶水随之变得碧青嫩绿，喝一口，脱尽火气，清味满怀。

忆起薄荷还可入粥呢，于是次日兴致勃勃地剪了几片叶子，洗净切成丝，待粥将成时加入，整锅粥似乎都被染绿了。放入半勺白砂糖，绿幽幽的薄荷粥里，起了丝丝白净的涟漪，再大火煮沸即可。淡白晶莹的稀粥荡漾着丝丝茸茸的绿意，有一种轻抚人心的温柔，望之不忍下箸。吃到口中，清甜中有很细微的青涩——那青涩太淡了，几乎感觉不出，只觉得清新怡神。这样的粥我戏称之为"风清月白一品粥"。

这一折腾，薄荷叶片少了许多，晚上灯光投射，薄荷在白墙上投下稀疏的灰影——恰似一个着长衫的旧式清瘦朴素男子。陈继儒在《小窗幽记》写"香令人幽，茶令人爽，琴令人寂，棋令人闲，剑令人侠，月令人清，竹令人冷，花令人韵"，小小一株薄荷确实带给我清雅的感受和一种简单的幸福。古人清朴的生活亦有它的好，心态从容，心境澄清，而又不放弃精神上的享受。

三伏炎夏，窗外艳阳逼仄，这个夏日好长好长。我希望自己是一株小小的薄荷，让周围的朋友随时随地都透心清凉，舒坦开怀。

# 又见糖人

那天，乡下外婆家过"封建日"，神庙前锣鼓喧天，戏台上芗剧演得正欢。我也跑去看热闹，不经意又看到"做糖人"挑子，心里好一阵惊喜，便要他做一只凤凰。

做糖人的是一个头发斑白，满脸皱纹的老头。旁边是一只小炉子，炉子上的小铁锅里，用小火熬着糖料，糖香四处飘散。老艺人用勺子舀起糖料，看看已经牵丝，就开始造型。面前的一块黑色大理石，光滑发亮可照出人影，是老艺人的画板，手里小小汤勺便是画笔了。只见他气定神闲，舀起糖须，在石板上来回地浇，动作娴熟飞快。先用糖料将凤凰头部堆砌成浮雕状，再充分利用糖料的流动性，从浮雕状的糖须往四周牵引出流畅的线条，凤凰的头冠、翠羽、细脚随之一一浮现，栩栩如生，呼之欲出。此时糖须经冷却后已近凝固，老艺人用小铲刀将凤凰铲起，粘上细细的竹签，一幅画作即告完成，整个动作行云流水般一气呵成。

周围的一群小孩子欢呼起来，老艺人的脸上也露出了笑意，似乎对自己作品也暗自得意呢。这金灿灿黄莹莹颤悠悠的凤凰，形神具备，仿佛马上就要从竹签上挣脱而出，振翅高飞，飞往远方的梧桐树；又好像刚从远古穿越时空而来，栖落在这里小憩。这样一只玲珑剔透的精灵儿，令人不忍下口，想拿回家珍藏独自把玩，又想拿着到处展示炫耀。童年的回忆顿时像翻倒在宣纸上的墨汁，浸透开来，让人来不及收拾。"糖人"挑子，唤醒了我淡忘已久的简单的欢乐。

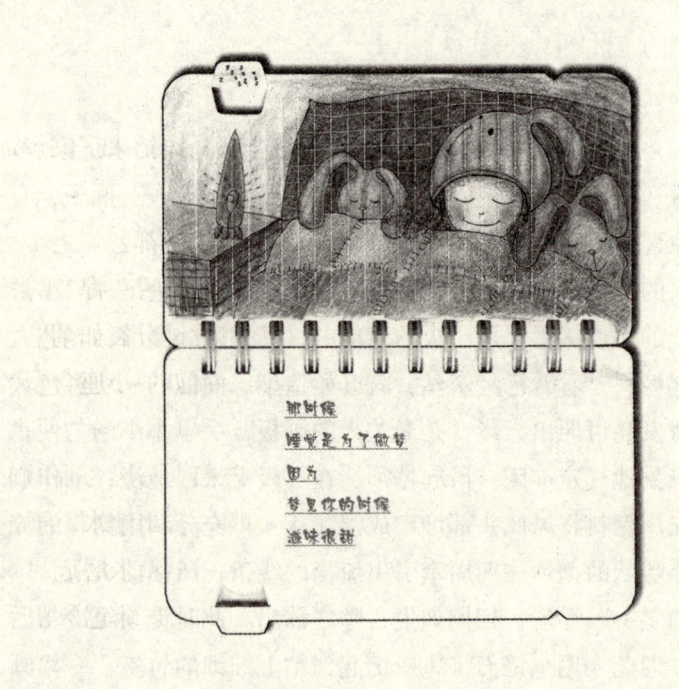

# 嚼 青

五一长假，在外地上班的我没能回家，母亲托人捎来了家乡的青团。童年温馨美好的回忆，即刻展现在我眼前。

记得小时候，每年清明节前一天，我和小伙伴们都要提上小背篓，在村子后、山坡上、田埂边、草丛中寻找一种叫"青"的植物。它一篷篷、一簇簇地开着黄色花儿，小小的叶子分裂如菊叶，反面灰白色有绒毛。摘下来高高地堆在背篓里，宛如一小座含翠的青山。

"青"采回家后，母亲拿去洗净，和盐巴煮熟，一股芳香的青草味顿时弥漫开来。母亲用手将"青"揉成一团，挤出汁水，再把碧绿的"青"纤维捣烂成茸，然后糅进配上糯米、早籼米磨成的米粉拌匀。当白白的米粉与绿绿的艾叶汁纠结缠绵成碧绿色的面团时，我就忍不住开始咽口水了。

母亲总要准备甜咸两种馅，一种是甜豆沙，另一种是芥菜、笋丝、豆腐、肉丝混炒而成。面和馅都准备完毕后，最后一道工序就是包果了，包青团的手法类似水饺。只见她手指翻飞，那褶折得就像精致的花边一样，不知不觉，玲珑剔透的青团便一排排、一群群、一片片地立了起来。

青团包好后码放整齐，留待次日上锅蒸。整晚我都半睡半醒，在床上吮着手指,焦急地盼着太阳升起来。

仿佛知道我心思似的,天刚一蒙蒙亮,母亲就起床了。生起灶火,把青团放入笼蒸熟,再用毛刷沾上熟菜油,细心地刷在团子的表面。油绿如玉、糯韧绵软的青团就新鲜出炉了。我迫不及待踮起脚尖抓起一个——啪!小手被母亲打了一下:"馋猫,祖先还没吃呢!"母亲带上我们去爷爷奶奶的墓前祭拜完后,这时我才能吃到美味的青团,甜而不腻、肥而不腴、香满齿颊,好吃极了!

长大后我才知道,所谓的"青"是一种叫艾叶的植物。《本草纲目》记载:"艾草具回阳、理气血、逐湿寒、止血安胎…等功效,亦常用于针灸,其香味特殊且相传有避邪作用"。艾草还有食疗的功用呢,可温气血,散风寒,据说清明吃了到夏天就不会生疮。

关于青团,还有传说哩。相传太平军军官被清兵追杀,四处躲避。清兵设下重重关卡,为能让太平军吃上饭,机智的农民发明了青团,和青草放在篮子里,躲过清兵检查。太平军军官后来安全返回大本营后,为纪念那救命的青团,忠王李秀成下令太平军都要学会做青团以御敌自保。此后,太平军打到哪儿,吃青团的习俗便流传到哪儿。

到厦门工作后,最想念的就是家乡的青团,偶尔在酒店里吃到,虽然外观相似,但缺少了那份独有的清香气,想必是用青菜染的色。一次在电话里随口提起,没想到母亲就记在心里了。

时光流转,这青青香香的青团依然如此美味,我小口小口地尝,慢慢地品,品出那悠悠思乡情在我心头萦绕。

## 芫荽二三事

下班后照例到菜市场采买，听见隔壁菜摊上有人说，来点香菜。香菜，不就是芫荽吗？呵呵，春天是吃芫荽的好时节，你看那小锯齿的绿色叶片，近根部的茎泛出紫红色，顶部淡紫色的细花成簇，望之就食欲大增。香菜是芫荽的别名，可我还是喜欢"芫荽"的叫法，闻之满耳余香，隐隐透着股宋词里的清雅与婉约。

记得小时侯不太喜欢吃芫荽，长大翻书才知道即使老饕如汪曾祺，也说"原来（小时在家乡）不吃芫荽，以为有臭虫味"。芫荽这种草，就是怪！你越厌弃它，就越感觉臭，你越品味他，就更感觉香。我倒从未觉得此物有"臭虫味"，只是讨厌那怪异浓洌的气味，不如芹菜那么惹人喜爱，味道更内敛淡然些，像我们的传统诗歌。可是有次过年吃太油腻闹了肚子，难受得很，母亲说芫荽可健胃消食，她把芫荽切成细末，下点酱油，凉拌着吃，一试神清气爽，通体舒泰，果真好了。惊喜之余，母亲又说芫荽和红糖同煎还能治小儿麻疹呢。小小的青蔬功效倒挺大，自此才慢慢爱上芫荽。

后来读到《灵物志》中以芫荽为例，反驳"草木无情"的说法"唐人赏牡丹后，夜闻花有叹息声，又胡麻必夫妇同种方茂盛，下芫荽种须说秽语"，遥想到那幅画面，我不由得笑出声来，古人真是可爱。可是我挺喜欢这样的文字，很有远古民风淳朴之情趣。说来芫荽还是外来之物——它原是西域之物，汉代由张骞于公元前119年引入，扎根中土已两千多年了。

每次看到芫荽都忍不住买上一大把，反正放入冰箱，几天后拿出来，仍然苍翠欲滴，油汪汪的似能拧出春色来。单纯凉拌芫荽也是一道菜，原汁原味的，脆、嫩、爽，带点隐隐的青腥气，但总觉得少了什么似的。说实在，芫荽还是最宜做配角，和其他荤菜放在一起，味道就跳出来了。许是这不起眼的草蔬吸纳了天地的万千灵气和大自然的甘露精华，才有这么独特的滋味。任是红烧肉清蒸鱼麻辣豆腐，只要摆几根细而长的芫荽，翠生生乌绿绿，一道道家常菜似乎马上带了几分雅气，几乎可以入画了——像小巧娟秀的江南女子依偎在高大雄浑的北国汉子身旁，肥厚的荤食需要芫荽的清逸之气来解腻，芫荽的清远之味需要浓郁的菜肴来衬托；有时鱼汤大骨汤熬好后丢一把芫荽下去，浓白的汤头里仿佛被映绿了，恍若一把"洒金笺"，味道清爽了不少，有画龙点睛之妙。或者把芫荽切碎，加香醋、白糖，淋少量酱油和麻油，拌匀，做成白灼虾白切鸡或火锅的蘸料。浓烈的香气从芫荽绿幽幽的茎叶中斑斑驳驳地浮动出来，那香味，形容为"窜"，我觉得甚至都有些横行霸道了—像凡高的画。咬下去脆生生鲜嫩嫩，香气"哄"的一声在唇齿之间炸开，随之在舌尖上快乐地回旋舒卷着，唇清气爽，齿颊留香。吃芫荽的日子，是愉快而有诗意的……

## 青木瓜之味

终于等到木瓜飘香时节了。水果摊上，一个个熟透的木瓜，黄灿灿圆滚滚胖嘟嘟，安静乖巧地躺着。喜滋滋地抱回家，忙不迭地削皮，露出黄色透着一点红的果肉，切口上还滴着乳白色的汁。再对半剖开，里面是一粒粒黑漆漆的种子，哇，真的熟透了！迫不及待地放入口中，绵软香甜，软滑多汁，好吃得让人禁不住长长叹口气。

记得小时侯，乡下外婆小小的庭院外，生长着两株木瓜。树高二、三丈，挺直的树干顶端，片片叶子斜逸而出，象绿伞一般。结果时，树上挂满长长短短的木瓜，一簇簇地勾人眼球。外婆用竹竿取下，或素炒，或腌成下饭的咸菜，看着我们吃得香甜的样子，她的脸上笑成了一朵金丝菊。

"投我以木瓜，报之以琼琚。匪报也，永以为好也。"诗经《木瓜》里，它是青年男女传递爱情的物品。在旅法越南裔导演陈英雄执导的《青木瓜之味》里，木瓜则成了另一种意象。故乡的窗前，青木瓜的香味，母亲的手，百转千回的乡愁……在搭构的背景中格外分明。凉拌青木瓜是越南人常吃的一道菜。先用刀削去木瓜的表皮，然后敲击瓜身，白里透青的瓜肉便散成一缕缕瓜丝。加盐抓匀，再用米醋和着红椒末、蒜蓉配成调味汁，浇上去，酸甜辣咸脆，五味参杂。园里的青木瓜一年年地生长着，那个帮佣的女孩也慢慢长大成人，她最喜欢收集青木瓜的种子，坦然接受着生活的一切，默默地喜欢他，日渐变得温润柔嫩。当他终于发现她那份从容淡定的美丽时，幸福从此降临了。整片充满着禅的宁静美妙，令人回味无穷。

记得那时看完该片，我还特意买了青木瓜品尝。谁知青木瓜生吃寡淡无味，吃后舌头隐隐发麻，炖汤或炖牛奶则苦涩难以入口。莫非这就是乡愁的滋味？从小到大未离开故土的我无法体会。

所以还是来杯清甜香滑的木瓜牛奶吧，雪白的牛奶里，金黄色的木瓜纠结缠绵、若隐若现。赤脚蜷缩在阳台的藤椅上，晚风将发丝轻轻拍动，空气中飘荡着淡淡的木瓜香。忽然想起，这个周末该去陪陪外婆了。

## 番石榴飘香

正是番石榴上市时节，街头巷尾常可以听到吆喝声。番石榴又称"鸡屎果"，近年来美其名曰芭乐，一直都被看成极低贱的水果，连供奉祖宗和神明的资格都够不上，却是我心头最爱。每次路过，都要停下来买上几斤。挑担子的往往诧异地说："看不出你还很会挑选呢，好吃的都给你挑走了。"我微微一笑，要知道，我也曾卖过番石榴呢！

那是读初中时候的事了。乡下老家屋前屋后生长着十来株番石榴，是有名的"胭脂红"品种。因为产量大，每年暑假，当教师的母亲都会挑到集市贩卖以贴补家用。那年母亲在进修班受训，分身乏术，我便接过了叫卖的担子。天刚蒙蒙亮，我被外婆慈祥的双手推醒，简单洗漱后，三下两除二地爬上树。番石榴好像通人性似的，昨日刚采摘完熟果，枝头只剩些青涩的果子，一个昼夜过后，又殷勤地长满熟果，沾着露珠，浅绿的表皮透着些淡黄色，带着一抹胭脂红，似少女在晨雾中羞红了脸。我和外婆小心地摘下，装进桶里，放在自行车的后座上，载到十公里之遥的渔市去卖。由于果好味美，价钱公道，又不缺斤少两，我的番石榴总能早早卖完。

那时小伙伴们常拿着实心的番石榴木，缠着大人削成陀螺当玩具耍。村里的妇女则用番石榴叶煮水洗头发，小小番石榴不知带给村民们多少欢乐!

可惜随着生活水平的提高、父母工作的忙碌,老家的番石榴树疏于管理,越来越少,直至消失,想吃的时候只能到市场买上几个解馋。番石榴吃起来依旧满口清爽香甜,那种特别的香气总是牵引着我回到时光之河,体验劳作的辛苦和丰收的喜悦。

## 柚子皮香

秋风起的时节我喜欢吃柚子。一般来说，重的柚子味道比较好，先用刀去掉顶部貌似帽子的部分，然后以此圆为基准，将柚子皮平均划分为六块，力度以不伤及里面的柚肉为佳，再剥开厚厚的柚子皮，一瓣瓣白色的瓤便露了出来。柚子果肉初入口带着一点涩味，再回味满口清爽甘甜的汁液，无籽无渣，甜里夹杂着点酸，酸里还带着些苦，那种滋味仿佛褪尽烟火的中年。

记得第一次看到柚子树特别意外，没想到如此硕大的水果竟然长在矮小的树上，压得枝头颤巍巍地抖动。看守果园的阿伯说起柚子皮的妙处如数家珍，山上蚊虫多，柚皮香味清远，即使风干也不减其味。蚊虫害怕这种味道，因此把柚皮挂在屋里可以驱蚊。到了夏天蚊虫肆虐时，还可把柚皮一条条撕开点燃，效果更好，是天然无污染蚊香。此外柚皮煎汤还是治咳嗽及冻疮的良药呢，我频频点头，窃以为这就是柚子皮用处的极至了。可前天到一位江西朋友家，品尝到一道"柚皮焖肉"。煮软了的柚子皮像海绵一样，满蘸着肉香和浓汁，入口即化，一咬下去，汁液随即在齿颊间溅涌。香浓的酱汁里，淡淡的柚香夹杂着点点青涩、缓缓泛上喉咙、直至舌尖，那种特别的味道和感觉真是妙不可言。原来她将柚子皮的外层剥去，撕掉里层的絮瓤，然后洗净切成大块，用沸水漂一下，再放入清水里浸泡，沥了水分后晒干，之后再漂再晒，反复几次，苦味就差不多都去了，即可久存备用，随用随取。真没想到柚子皮还能做成美味佳肴，我不禁感叹老百姓在饮食上的智慧。

　　李碧华在随笔中提到一种古法久藏的"白柚茶"。在柚皮里藏以茶叶、佛手、紫苏等，以绳线缝好吊在通风之处，由它自然风干渗味，一年半载后打开取茶叶泡茶，据说十分甘美芳香。可惜此法费时费工，现代人哪有此耐心制作，还是在家泡泡柚皮足浴，简单实在。

　　把柚子皮洗净，掰成碎片，丢入大桶热水中浸泡，柚子的香气随即像被释放的精灵般散发开来。迫不及待踢掉穿了一天的高根鞋，把酸痛的双足潜入热汤中浸泡，柚子皮随着水波的荡漾不时碰触双足，像小鱼轻啄，阵阵麻丝丝触电般的感觉。一会儿，冰凉的双足开始发热，血液循环加快，通体逐渐舒泰，舒服得不想起来。抬头看见电视里播着缠绵悱恻的爱情剧，美丽的女主角正为男友的误解百口难辩，泪流满面。噫！我同情地叹了口气。命运无非起伏二字，爱情无非来去二字，唯有足下这泡熨贴的浅青色热汤，柚子皮热汤，让人觉得现世安稳、岁月静好。

## 温暖的火锅

一入冬，火锅的诱惑就赛过了川菜。

当夜幕降临的脚步越来越快，冬日的寒风越来越冷时，朋友同事小聚的场合就越来越集中在火锅店。一进店门，一股热浪迎面扑来，火锅店里一桌桌地坐满了人。桌子上摆放的各色涮料，整整齐齐五彩缤纷，锅里的高汤沸沸腾腾滚得正欢。大伙儿大声地说笑着，觥筹交错间，手里的筷子可一刻也没歇着，自涮自食，每个人脸上都泛着幸福的红光。就这么一幅火热的画面，轻轻巧巧地把阵阵寒意挡在了门外。

火锅有文字记载的始于汉代，真正繁荣深入民间则在清朝。1796年嘉庆皇帝登基时，还用1550只火锅办过"千叟宴"呢，遥想那场面一定壮观无比。最早的火锅用的是泥炉土灶，发展到今天，有炭火锅、酒精火锅、卡斯炉火锅、电磁炉火锅等。可火锅器具发展越先进，火锅的味道却逐渐淡了。酒精火锅火力不旺，缺少那种热气朝天的感觉；卡斯炉火锅总让人担心安全问题，吃得时候一颗心惴惴地提着；电磁炉火锅呢，方便是方便，可感觉不是在"烫"火锅，而是在"煮"火锅，何况也有漏电之虞呢。

还是最喜欢炭火锅，古铜色的器皿，轻而易举就把你带回到悠远的岁月。中间的炉子里置着炭火，火红地氤氲着，点点火星从长长的炉子里，如萤火般升腾、飘散、没入夜色中。锅里盛的底汤，先是靠近炉子的那一圈，压抑不住地率先吐出细细密密的小水泡，不久，所有的汤水都沸沸扬扬热闹起来，坐在桌子旁首先就感受到一股热气，待到烫得热乎乎活色生香的涮料入肚，什么烦恼都抛到脑后了！

又是个寒冷的冬季，如果你寻寻觅觅还是找不到可以依靠的肩膀，抵御不了侵袭而来的满身寒意。那么不如就让这可爱的火锅，自始至终以滚烫的菜肴温暖熨贴着你的心怀。

## 采紫菜

正是紫菜上市世界，嫩滑的紫菜富含营养，是餐桌上的一道美味。可你知道紫菜是如何采摘的吗？上周末我就在翔安大嶝岛亲历了这一有趣的过程。

踏上大嶝，空气中漂浮着海水特有的咸腥味，随处可见门前屋后晾晒在竹篾上的紫菜。正值天文落潮，云婶拿了双胶鞋让我套上，把竹杈以及袋子、剪刀、竹篾子放在手推车里，两人到了海边。此时海水尚有齐腰深，且滩涂土质松软，怎么走到海里去呢？我正纳闷时，云婶笑了："放心，有海路。"她轻车熟路往海中央走去，宛若凌波仙子。我战战兢兢拽着她的衣服跟在后面，刚鼓足勇气踩上去，随即松了口气。原来这条海路被祖祖辈辈无数人的脚板踩过，已经坚硬如陆地。到了紫菜养殖区，我不禁"哇"的惊叹出声，条条排列的网线下，无数黝黑柔软的紫菜静静地随波荡漾，组成一片片方方整整的紫色薄片区。有些渔民早已候在那儿，看到我们便亲切地打着招呼。趁着云婶忙碌的时候，我仔细端详紫菜网，细细的网线每片约有 20 条，两片并列用手腕粗的索绳绑在竹子上，索绳尾部绑在海里面的石墩。因为竹子的浮力，不论潮涨潮落，都能保证紫菜网浮在海面上。

说话时，海水已经慢慢退下，不知谁嚷了句："开工！"云婶把剪刀挂在胸前,把杈子立在地上,因为杈子较竹子高,紫菜网便被高高撑起。云婶先将网帘拉洗一遍,以减少泥沙含量,然后一手拿着剪刀采集紫菜,一手托着筛子接住剪下的紫菜,动作熟练快捷。不知不觉已剪了大堆,堆在筛子上像云似浪。看我跃跃欲试的样子,云婶把剪刀递给我,我对准一排紫菜剪了过去,网线带着紫菜应声而落。旁边的一个大伯不禁笑出声:"剪错喽!"原来网线是不能剪断的,这样紫菜才能从网线上一次次地长出来。云婶让我带些回去炒,她说"第一水"紫菜最鲜嫩,以后每隔10天~15天还可收成一次,质地口感就差多了。

劳作了半天,最初的新鲜劲过后,我开始觉得疲惫,腿脚有些发酸,日晒和海风更是让我脸颊生疼,可空落落的滩涂哪有地方休息呀。云婶他们依旧手脚不停,直到车上都堆满了,才说说笑笑推着独轮车回来,脸上满溢着丰收的喜悦。顺便说一下,这种铁质手推车只有一个轮子,全靠双手保持平衡,再加上紫菜重量,推的人既要力道又要技巧,可不是一般人可以推着走的。回来后他们还得把洗净紫菜,平放在大竹帘上,再放入水槽内摊平,沥去水分,在阳光下晒干,10斤新鲜紫菜才能晒出1斤干紫菜成品,这还不包括前期育苗及养殖的辛苦工作。

晚饭时,餐桌上那盘清炒鲜紫菜成了家人的最爱。我也迫不及待地夹起一大团放入嘴中,鲜嫩可口,无需咀嚼已滑入喉中,实在太好吃了!在尽享美味的同时,我眼前却浮现刚才海滩辛苦劳作的一幕,深深体会到古诗"谁知盘中餐,粒粒皆辛苦"的涵义。

## 久违的爆米声

周末到乡下看望阿嬷（外婆），正和她在屋里闲聊着，耳边突然传来"嘭"一声巨响，出什么事了？望着我疑惑的眼神，阿嬷笑着说："免惊啦（不要害怕），是爆米花的阿生。"呀，是他！我兴冲冲地舀了一碗米，跑了出去。

记得小时候，每次走乡串户的阿生来到我们村时，那就是小孩子最兴奋的日子了。本来聚成堆玩沙包的、捉迷藏的、跳橡皮筋的、打水枪的，都一溜烟跑回家了，拿着大米、面条、黄豆或玉米让他给爆爆米花。常常因为生意好还得排队呢，一个个伸长脖子等着，心里既焦急又兴奋，还有几丝期待。

阿生把米倒入炉子里，一抽一抽地拉着风箱，生成的风与火苗共舞蹈，千变万化。红艳艳的火苗，舔着漆黑的煤炉肚子，旋转，旋转……黑红相间伴着火星飞扬，宛若神秘瑰丽的幻想世界。

"注意喽，开炉了！"阿生被炉火照亮的脸露出了微笑，小孩子赶紧用双手牢牢地捂住了耳朵。"嘭"，那开炉的声音里包含了无尽的喜悦和欢乐，既像秋天丰收季节来临时欢快的鼓点，又像惊蛰过后炸响的第一声春雷。阿生用长条布袋套住了锅，拿起撬棍，一脚踹开锅盖，白花花胖乎乎的爆米花就流淌出来，浓浓甜香也随之散发开来。

小心翼翼地捧回家后，阿嬷生怕变潮变软，还用瓶瓶罐罐密封起来，放着平时给我做零嘴，还可以泡在蜜水里当饭吃。一小碗普通的大米或黄豆，转眼变成一大脸盆香喷喷的爆米花，在我幼小的心灵里，只觉得阿生是世界上最有魔力的人了。要不是他的脸庞太黑，真想长大后嫁给他，可以天天吃到美味的爆米花。一二十年不见，阿生头发花白了，面庞却红润起来，不复以前的黝黑。我静静地看他爆完一炉，和他聊着天。他说现在儿女都大了，日子好过了，平时在家里享享清福泡泡茶，早就不做这生意。这两天天气不错，闲着无事，拿出来摆弄摆弄，哄哄小孩子玩，顺便活动活动筋骨。

现在超市里出售的微波爆米花，买上一袋，放在微波炉里一转即可，各种口味都有。街上还有美式爆米花机，按纽轻按，方便省事还可保温。所以爆米花炉像糖人、面人等民俗一样渐渐在街头巷尾销声匿迹了，注定被淘汰的命运。可就像火锅还是炭火的香一样，我还是喜欢这种手摇炉爆出来的爆米花，有种质朴的味道，有种悠远的情调，有种手工的温度，是远超乎酸甜苦辣之上的无味之味。

手提着一大袋爆米花，心满意足地往回走。身后传来"嘭"的声音，呀！又有一炉爆米花新鲜出炉了。

## 一场浪漫的舌尖之旅

夜。

一个人。

一盏淡橘色的灯。

一首行云流水般悠扬的歌。

取出最喜欢的杯子,无色透明,上部微微有些收口,似一朵悄然绽放的郁金香。

金黄微翠的液体沿杯壁缓缓而下,一股浓浓的香气随之一圈一圈弥漫开来。投两块晶莹剔透的冰块,看它在金黄色海洋的肆意拥抱下荡漾、融化,我仿佛也随之融入其中……

拈起花之细颈轻嗅,氤氲清新的香气令人心醉。俯首啜饮柔美花芯的味道,一股清雅微酸的液体顺着舌腔、喉咙、食道而下,最后抵达心岸。余下一缕凝香在舌尖久久徘徊不去。

暖暖的心扉徐徐开启,窗外幽暗迷离的夜色如同杯中的液体,似明未明。这种有着清冷芳香的佳酿,自然界的精灵,宛若春天新发的嫩芽、夏日清晨的露水、秋天微凉的山风和冬日不化的积雪缠绵在一起,每一种气息都浓到极至。

夜夜这艳色的琼浆带给我醇香柔美的舌尖之旅,夜夜这艳色的琼浆释放着我的思绪,自由飞翔。此刻,可以天马行空地想很多事,也可以啥都不想,就这么悠闲地坐着。在微醉的酩酊里,在一杯杯竹叶青的满与空之间,这完美的液体陪伴我走过不完美的人生。

## 枇杷黄了

五月江南碧苍苍,蚕老枇杷黄,大量的枇杷涌上了街头。走在大街小巷,随处可见水果摊上、小贩挑篮里一个个黄澄澄的枇杷。鸡蛋般大小,整整齐齐地码在红色的草纸上,金灿灿的很是诱人。

记忆中的流光片羽,总在不经意中悄然苏醒。想起小时候,老家,闽南一个普通的乡村,也是这样的时节。春雨细如牛毛,无声飘洒。村前屋后错落着几棵枇杷树,正贪婪地吮吸着春天的甘露。枇杷果先是绿色的,遍身生着绒毛,几场春雨过后,枇杷渐渐长熟,丝丝缕缕的淡黄色悄悄蔓延上来,绒毛也渐渐短了,待到阳光一照,枇杷就该甜了。高高的枇杷树下站着两个流着口水的小人儿,那是童年的我和小伙伴黑仔。

全村的枇杷果就数村头阿嬷家的长得最好,黑仔老早就盯上了,总是怂恿着我帮他把风。这天禁不住美味的诱惑,我战战兢兢地站在枇杷树下。枇杷树表面凹凸不平,极易攀援,黑仔灵活地三下两下上了树,东摘西拽,我在下面接着,放在衣襟上,很快就一小捧。正接得开心,黑仔忽然惊呼一声,跳下树,一溜烟跑了。我愣了半响,一看,呀,阿嬷正拄着拐杖往这边走来呢!也撒腿就跑,顾不上身后枇杷撒了满地,到了家一颗心还怦怦跳得慌。

不觉已是黄昏,晚霞灿然,村庄披上一层温情脉脉的面纱。田坝上劳作的乡亲们都回了家，村舍小屋徐徐飘起炊烟，炊烟穿过房顶上的大树，揉合着清脆的鸟鸣，散发着好闻的味道，氤氲在村庄上空，久久不去。不远处是谁在唱着动人的闽南童谣"天乌乌，要下雨，阿公举锄头，要撅芋。撅阿撅，撅阿撅，撅着一尾旋留姑。阿公要煮咸，阿嬷要煮淡，两个相打弄破鼎……"我早忘了下午的事，在门口玩耍边等着吃晚饭，猛一回头看见阿嬷手里提着个塑料袋进了我家。我吓得躲在门坎后，心想准是告状来了。谁知阿嬷笑咪咪地对我母亲说，枇杷还没熟透呢，先挑些早熟的给小孩子尝尝鲜！母亲忙不迭地谢过了，看着阿嬷蹒跚的背影，我的脸发烫得跟火烧似的。母亲把枇杷洗净，塞给我，枇杷小小的，圆圆的，吃起来真甜呀，核也小，可为什么我的心里这么难受呢？

从那天起，我再也没去偷摘枇杷了。

长大后，知道枇杷因其叶似琵琶而得名。花开在秋冬时节，春来结子，夏初成熟，果木中很少有象它这样集四时之气的，药用价值很高。因为枇杷上市季节短，所以每次看到了我都会停下来买。市场上出售的多是些外地枇杷，个大皮滑，色较深黄，那种圆圆的，小个儿的本地枇杷倒是很难觅到踪影了。

春天的雨说来就来，四周弥漫着水气，雨丝渗入土层，老家的枇杷树该在潮湿中快乐地被滋养着吧？此刻，我很想念老家的枇杷树，还有善良慈祥的阿嬷。

# 不踏花归亦自香

黄昏,走在松柏林街狭小悠长的道路上,有种闹中取静的喜悦。两边古旧的房子,屋顶上的棕红色瓦片层层叠叠,诉说着岁月悠悠。耳边突然传来急促清脆的三轮车转弯的铃声,回头一看,不远处,三三两两的三轮车夫和摩的司机聚在街角静静地揽客。走入松柏林街,好像走进一个若即若离、循环往复的古老梦境里,一切都是平静的,有种简单生活的优游之乐。

明朝万历年间,马开山在同安霞路街开了"祖铺马开山",首创此饼,又因形似马蹄,因而得名。逝水流年,老街依旧。

小小的饼儿,要分皮、酥、馅三道制作工序逐一完工,才能成就这缠绵的滋味。首先用油酥面做皮,再以饴糖、冬瓜糖、蜜橘做馅。做好后,先在面饼上洒点水,再抓起一把芝麻,细细密密地撒上去,然后生起中空的炉子,将沾了芝麻的那一面向着火,另一面贴在炉壁上,一个个的排列好,贴在竖炉壁上边烘边烤。

关于马蹄酥,还有典故呢。相传明代同安人庄渭阳进京赴武试时,随带了马蹄酥作干粮。当时有位五爷微服私访来京的武举子,因避雨来到庄生下榻的客栈。见来客,庄渭阳就请他品尝马蹄酥。五爷尝后赞不绝口,两人边品尝边谈文论武。五爷暗自赞许庄生是个人才,以马相赠。庄生骑上白马进科场,威风倍增,在场者无不赞赏，主考官更是另眼相看。武试后庄中武进士。得知那次骑的是五爷马，得了五爷的相助。荣归故里后，他又备上马蹄酥专程进京到五爷府拜谢。从此，"马蹄酥"名噪京师，一时间五府都兴吃"同安马蹄酥"。

朝代变迁，马蹄酥的做法一直流传下来。只是现在炉子改进成了烤箱。两块五一袋，十个圆圆的马蹄酥，乖乖巧巧地挨成两排，挺着鼓鼓囊囊的小肚子，安安静静地躺在袋子里。拈起一个，新鲜出炉的，还带着温热。"卡吧"咬下去，满口酥脆绵甜，整个马蹄酥的"芝麻皮"便爆碎了，片片撒落，所以吃马蹄酥的时候，另一只手还得接着，不然香喷喷的"芝麻皮"可全都掉地上了。仔细一瞅，原来里面还是中空的呢。

古旧的街道在即将落下的夕阳里散发着独特的芳香。悠哉游哉的我提着两袋马蹄酥，顺着小巷，归去。

# 端午粽子情

临近端午，母亲又打来电话，不放心地再次叮嘱：端午一定要回来呀！

大学毕业后她和恋人留在厦门岛内工作，恋爱十年，激情如潮水般退却，留下满目疮痍的沙滩，争吵、厌倦、冷漠，最后宿命般地等来了分手的结局。倔强的她闭口不再提，只是少了回家的次数，像只小兽独自躲起来疗伤。母亲很担心她，因要照顾哥哥刚出生的小孩，分身乏术，恰逢端午假期，于是频频催她回家。

过了翔安海底隧道，下了车，走向通往家里的小路，路旁两株玉兰树开得正好，夹杂着乡间清新潮湿的空气，沁人心脾，熟悉的故土气息唤起儿时柔情的记忆。她深深吸了口气，推开家门，家是自建的三层楼房，院子里早已摆满了包粽子的各项物品，大门如往年端午一样，悬挂着艾草、榕叶和菖蒲，母亲正在一旁忙碌着。

糯米已经炒好，是清晨就洗好泡好沥干水后，在米里加入海蛎干、五香粉、葱油等调味料，下锅开小火不断翻炒的。粽叶也洗好了，以前刷粽叶可都是她的活儿，粽叶要先在清水中浸泡两三个小时，洗净，用丝瓜络两面都刷洗一下。还有粽子的各种料，三层肉、香菇、虾米、板栗、鱿鱼干等也都一一炒好备好。

包粽子是个技术活，先把粽绳挂在栏杆上，选择两到三张粽叶，将粽叶反面相叠，窝成一个漏斗型，依次填入糯米、肉等佐料，再用糯米封住所有的料，将粽叶翻转封住馅心，然后用粽绳捆紧，至此一个粽子才算包好，最后还得放入高压锅熬煮，每项工序都马虎不得。因为要赶着中午吃上粽子，还要再多包些让她带回厦门，母亲低着头包着粽子，忙得顾不上说话。她抱着小侄子站在一旁玩耍，无意中瞥见母亲低垂的鬓角泛起星星白发，额头冒着一层汗，这一幕深深刺痛她的双眸。再看看母亲的手，儿时记忆中软绵温柔的一双纤手，经过几十年家事的洗礼，早已掌心有茧，指缝有油、手背有刀印，变得粗糙不堪，她以前总觉得父母亲是棵大树，永远屹立不倒，这两年父母亲真的见老了！她不由眼底一酸，赶紧借口天气热，回了房间，压抑几个月的眼泪早已夺眶而出。

　　大哭了一场，她的心情豁然开朗，连日来的阴霾似乎也一扫而空。这么多年，她只顾着工作，谈恋爱，沉浸在自己的小小世界里，何曾抽出点时间关心自己的父母？可父母永远不会同儿女计较，他们如同一株一年生的草本植物吸取了所有养分也只是为了儿女，当儿女茁壮成长，繁花似锦时，他们已衰老，却仍然吃力地举起赢弱的手臂为儿女遮风挡雨。

　　粽叶的清香弥散开来，院子里母亲在唤她，说是午时12点，这个时辰该循旧俗，用艾草泡过的水洗脸以美容辟邪了。她擦干眼泪，轻快地走下楼去。

# 地瓜粥

地瓜是普通到极点的粮食，土里生土里长，浑身冒着土气，即使现在有了新品种——紫薯，也还是愣头愣脑、圆滚滚一副憨厚样。但它又是极好的粗粮，煮法多样，烤的、蒸的、拔丝的、糖水的，或二次加工做成地瓜粉、地瓜粿条，煮的最多的还是地瓜粥。古曰："世间第一补人之物乃粥也。粥能滋养，虚实百病固己。"常喝粥有养生延年之效，记得去年一同事春节回了趟家，坐火车，转汽车，因为晕车，几天回来瘦得脱了相，食欲大减。听了了她阿姨的话，日日晚上熬上一锅浓稠的白粥，喝了一周，人也慢慢恢复了圆润。

和大多数闽南人一样，我小时候的晚餐就是地瓜粥，一个人肠胃的习性很难改变。毕业后住在单位宿舍，附近找不到卖地瓜粥的餐馆，于是大多时候速冻水饺，或是泡面混弄过去。一个人是懒得去煮地瓜粥的，地瓜粥至少要两人相对，桌上同时还得摆上几样可口小菜，虽然简单，却也费足心思。那时对地瓜粥的向往，也许还包含着一份对家庭生活的向往。

婚后像所有勤劳的主妇一样，我总要在家里备些地瓜，堆在墙角，别担心坏，搁久了，水分蒸发，皮都皱了才甜。地瓜的耐储存，极像一份耐得住时光考验的爱情，岁月流逝，它依然静好地守在那里。有时放久了，地瓜长出了暗红色的嫩芽，把芽连皮削下一块，放入玻璃瓶中，倒入水，就蓬勃生长起来，不比任何盆栽逊色。一日三餐，早餐面包牛奶、午餐单位食堂，晚餐吃啥呢，想到家里厨房墙角窗台那堆地瓜，心里就有了数。特别是在外面连吃几餐后，油腻腻的肠胃更急需地瓜粥来清理。只要一个地瓜，削了皮，随意横竖切开，丢几块进去，放大米、水入高压锅压。煮地瓜粥的这段时间，可以用来准备佐粥小菜，或来点杂鱼酱油水、凉拌海蜇皮，或索性简单点，肉松、盐水花生、鸡蛋萝卜干，丰简由人。二三十分钟后，粘稠的地瓜粥出锅了，金黄的地瓜和雪白的米粒互相拥抱，却又彼此独立，良性的婚姻关系亦是如此吧。饭后换了舒适的拖鞋、睡衣，一头斜靠在沙发上，随手摆弄电视遥控器，身心舒泰，由衷地叹息：还是家里舒服啊。有了地瓜粥，日子仿佛就可以一直有滋有味地过下去。

　　红尘俗世中的爱情，再轰轰烈烈，最终的归宿，也不过是平淡的家常婚姻而已，若不能明白这点，只会失望和抱怨。在婚姻里，所谓爱情，不过是做一锅家常地瓜粥，和那个人，平和而温暖地分享它。百吃不腻是地瓜粥，相看两不厌是对面那个人，不奢望太多，也许这就是幸福的含义了。

# 海瓜子

提起厦门小海鲜，怎能少得了一碟鲜美热辣的海瓜子？

7、8月是海瓜子上市时节，嫩黄的贝壳肉带点子红色，可以算做是膏，每斤6、7块钱，真正物美价廉；8月底后壳肉开始消瘦，口感渐次。"连雨不知夏去处，一晴方觉秋已深"，秋风起时，海瓜子也该下市了，这是一道会让人陷入相思状态的菜——明知要失去的东西，只会份外珍惜，世情不外乎如此。

海瓜子有一好听的学名称"虹彩明樱蛤"，因其壳薄脆，形似葵瓜子，因而得名。闽南土话称"蚬仔"或"土鬼仔"，多产于潮汐频繁的泥滩中。古人《咏海瓜子》诗写道：冰盘推出碎玻璃，半杂青葱半带泥。莫笑老婆牙齿轮，梅花片片磕瓠犀。幼时隔壁的婶婶常戴上帽子、腰篓和铁耙，去翔安琼头海滩一带挖海瓜子，回来总能带回一大网袋，做鸭子的饲料，那时的海瓜子难登大雅之堂。近年人们发现其肉味鲜美可口，营养丰富，海瓜子才正式登堂入室，身价倍增。海瓜子跟瓜子一样，吃的不是内容，是形式，是味道。肉细嫩，味极鲜，不经饱，是佐酒佳肴。

忆起大学时代，要好的同学聚餐，常会到隔壁研究生的宿舍，那里有简单的炉灶可以做饭。最喜欢的就是这道菜，洗也省事，炒也省事，味道好还便宜，再也找不到这样乖巧、惹人怜爱的菜了。

一大盆海瓜子，再炒个泡面，买几样卤料，就是丰盛的一桌菜肴了。夏日午后阳光透过窗外缠绕的长春藤，照上屋内一圈青春洋溢的脸庞，个个都笑成了一朵花。那时候的笑和哭都很简单，那时的心事都很清浅，即使是伤口也有着年轻所特有的甜蜜。一起逛过几次街的同学，就视同掏心掏肺的好友，像海瓜子只需要一点温度就张开紧闭的壳一样，把热腾腾的一颗心，迫不及待地捧给别人，可惜别人都不懂得珍惜。流年暗换，那一张张曾经青春的脸，渐渐远离了纵情的哭，学会掩饰的笑，只有一季季如期上市的海瓜子，美味依旧。

海瓜子做法可繁可简，味道一样鲜美。你可以在锅中加热油后倒入海瓜子翻炒，加酱油、红辣椒、葱末、姜片、蒜头、糖、料酒、醋、盐、花椒油和香油，装盆再衬以红萝卜做的花，撒上几根绿莹莹的芫荽，玲珑精致，仔细算算，佐料的价格比主菜还要高。也可以直接倒入锅中，洒把盐巴，不加任何调料，凸显食物本身的鲜味，达到"至味无味"的境界。小小一碟海瓜子，折射出的是中国菜博大精深的"精髓"。

## 七夕花生糖

同安乡下老家的习俗,"七夕"那天要吃花生糖。自从举家搬到城里后,十几年来母亲都没再制作过花生糖,每年只到商店里象征性地买上一点,已示应节。店里的花生糖口味甜得发腻,花生也不够香脆,总引不起人的食欲。今年七夕正值周末,在厦上班的我刚回家,母亲就端出一盘自家做的花生糖,深咖啡色的糖块里裹着一粒粒花生,晶莹透亮。我高兴得欢呼起来,再一看,过来串门的小邻居,六岁的洋洋吧嗒着嘴巴,捧着一大块花生糖吃得正香呢。

小时候很喜欢过"七夕",不仅是喜欢看苦命的七仙女和牛郎相聚,更主要的是可以吃上香脆可口的花生糖。一大早,母亲拿出精选好的上等花生,入锅炒熟后,放在簸箕里冷却。我在旁边打下手,用醋瓶碾压,磨掉花生膜衣,露出晶莹的花生瓣,放着备用。到了下午,父亲取出焦糖和冰糖块,按比例掺好,开始做花生糖。母亲烧起亮堂堂的灶火,把糖放入铁锅里慢慢熬成糖稀,花生糖好吃与否,关键是这道工序:熬过头了,做出的糖色焦味苦;火候不足,糖稀水分过多,做出来的糖不香不脆,风味全无。父亲手握锅铲,专心致志地搅拌,母亲则注意添加柴火。"好喽!"父亲手脚麻利地把花生粒倒入糖稀中,用力搅拌和匀,整团盛出放在案板上,再用锅盖压平,冷却后快速切成块,香脆爽口的花生糖即可大功告成。

入夜，母亲把各式瓜果、地里采摘的烟草花，市集买来的香粉，一一摆在庭院里的几案上。静心焚香祷告后，我争着把烟草花和香粉奋力扔到屋顶上，据说到了半夜七仙女会下凡取走，好把自己打扮得漂漂亮亮地与牛郎相聚。美好的传说使童年蒙上了一层瑰丽神秘的色彩。

"七夕"那天通常会下点小雨，雨后，夜晚的空气如薄荷水般清凉，泼洒在被星光浸着的肌肤上。铺上凉席，我躺在院子里，仰望天宇，满天星斗低低地压下来。外婆手中的蒲扇一下下地扇着，指点着天上牛郎织女星，还有横亘其中的天河。一阵夜风掠过，架上的葡萄藤发出丝丝细声。"七仙女还没下来啊？"我嘟囔着，嘴里兀自含着块花生糖，不知不觉沉入梦乡，母亲一下一下轻轻拍着我，嘴里唱着闽南童谣：月娘（月亮）月光光，起厝（房子）田中央，树仔丛花开香，就象（就像）水（美丽）花园。迷迷糊糊地被母亲抱回屋。那些吃剩的花生糖，母亲用密封罐装起来，留着给我做零嘴，往往可以吃到中秋节。

今年母亲因地制宜，用平底锅代替大铁锅，液化气代替柴草灶，白糖代替冰糖块，做出来的花生糖仍如儿时一样好吃，可是那些民俗呢？即使还可以再买来香粉，可城市里到哪去采摘烟草花，到哪去找一片自家低矮的屋顶投掷香粉，到哪去找一个庭院躺着数璀璨的星星？以后洋洋他们这一辈的童年记忆里，不会再有这些美好习俗了，真替他们惋惜。

好想再过一个像童年时期那样的"七夕"！

# 快乐的板栗

周末，和好友逛街，又见糖炒板栗，这熟悉的情景不禁让我忆起五年前的那个冬天。

其时出长差到南京。异乡的孤独、气候的寒冷、对家人的挂念以及繁重的工作，压得年轻的心喘不过气来。每天呵着冰冷的双手，走过秦淮河畔，我怀念我居住的那座叫做"鹭岛"的城市。那天，下班早了点，漫无目的地在街上游逛，不知不觉拐入一条小巷。路边一个摊位不经意跃入眼帘，一对中年夫妇站在一个大锅前，不停地翻炒着，旁边还挂着一块纸板，歪歪斜斜地写着"糖炒板栗"四个字。

"板栗也可以这样炒吗？"在我们同安，它可是名菜"封肉"必不可少的一道佐料，吸满了糖汁的栗子晶莹透亮，养眼得很，嚼起来满口异香。"对啊，小姑娘，来点儿？"我低头仔细一看，这么大的一个锅，好像乡下煮猪食用的，里面黑漆漆的石子，看上去脏兮兮的。一个个琥珀色的栗子，开了口，就这么星罗棋布地散落其中，不觉有点发怵。但因着对家乡风味的怀念，我还是买了一袋。手捧着热气腾腾的糖炒板栗，温暖隔着这层薄薄的纸传递到手心，弥漫到心里。香气也随之扑面而来，一刹那，周围的空气仿佛都喧哗轰动了，我尝到了久违的幸福感。

轻轻剥开咬上一口，绵软松香，细腻爽滑，熟悉的口感漫进舌腔。隔着山山水水，我仿佛看到家中灯下亲人的笑靥，闻到了桌上饭菜阵阵的香味，我的眼眶一阵酸热。依然是一样的雪飘，一样彻骨的寒冷，我却有了寄托似的，天天都要特意绕道去买一捧板栗。这热乎乎香喷喷的小小栗子，是寒冬的一道风景，温暖着异乡人的心，就连那手写的招牌也似乎带上了一份古拙的亲切味道呢。这两年，慢慢地，厦门街头也出现了糖炒板栗，不过是用秀气的小锅炒的。奇怪的是，我再也吃不到那年冬天那么美味的板栗了。

# 老腊肉

近年来关于有毒腊肉的报道屡见报端,更叫人怀念起农家自制的腊肉。那年到贵州旅游,品尝到当地黄灿灿香喷喷的老腊肉,现在想起还口齿留香食指大动。老腊肉看上去黝黑粘手,一股子烟熏味,长得毫不起眼。可将它浸泡在淘米水中,用稻草用力搓洗净后,它美好的真面目就显露出来了:黑红的肉皮,暗红的肉,透亮的脂肪里似乎有一汪油沁出。切片加上青蒜苗红辣椒置于油锅爆炒,拨拉几下端上桌,红肥绿瘦煞是好看,扑鼻的奇香令人胃口大开。吃上一口,一种沉沉醇醇、滋滋润润的浓郁之味在嘴里盘旋回荡,沁人肺腑。这种原质原味的腊肉味实在是太鲜美了,一辈子也挥之不去,衬得当时那碗普普通通的米饭也粒粒珠玑,满嘴饱满香糯的甜。

农家腊肉取的是自养的猪,以野菜、苞谷等喂养,辅以山涧泉水,肉质本就鲜美之极,再加上土法特别腌制,味道当然绝佳。首先将肉用粗盐浸渍十天左右,若是腿肉,还得用刀划上几条口子。最重要的工序是趁猪刚破开,身上还有温热的时候腌盐,这样盐才会充分融入到肉里面去,合二为一。再将抹盐的肉置于陶缸中,肉皮朝下,层层叠齐。而后将肉悬挂在火盆上方,燃起谷壳、木柴、锯末等熏烤。猪肉与火盆距离应适中,太远达不到"熏"的效果,太近则易熏黑串味，离一两米处最为恰当。还有"熏烤"技巧可大了，火候太大浓烟滚滚，火候小了则容易熄灭，只宜青烟文火慢熏，且烟火须日夜不熄。半月后肉泛出金黄色，说明腊肉已制成。此时的猪肉化茧成蝶，肉质棕红透亮，腥膻味尽除。山区气候温凉，通风透气，腊肉可长期搁置，而且搁置时间越长，腊肉的味道越是奇香无比。

腊肉要人用心、用情、用力去做，做的过程，是人的参与，是感情的投入，是对猪肉的再创作。我常想，第一个制作腊肉的人真是天才，否则山区以前生活水平较低，交通不便，老百姓逢年过节才能宰杀头猪，想要一年四季都能吃上猪肉几乎是不可能的。遗憾的是我虽已讨教到腊肉制法，但其熏烤工具复杂不可得，无法自行在家炮制。

那次美味的饕餮过后，留下的后遗症，就是上馆子总忍不住要点一道蒜苗炒腊肉，每每都大失所望——形似而神不似，想象与现实差距太远。那种失望，只能套用《围城》里的形容：仿佛鸦片瘾犯的时候只找到一包香烟。

## 特别的年货

小时候,父亲远在三明市建宁县教书,寒暑假才回来,每次路上都得坐上十来个小时的火车到三明,再转坐十来个小时的汽车。特别到寒假时,到家已是农历二十五前后,稍事休息后,父亲还得研磨给街坊邻居撰写春联,到旧历二十七、二十八时,才有时间上街购买年货。那是我最高兴的日子,每次上街回来,我的手里总会多个玩具,在小伙伴们前炫耀。

记得读幼儿园那年,年关将近,我照例兴高采烈地坐在父亲的自行车后座上,和母亲去县里购买年货。县城里人声鼎沸,街道两旁摆满了鸡鸭鱼肉和蔬菜,花花绿绿的糖果,色泽诱人的年糕寸枣看得我直咽口水,一股过年的气息扑面而来。大家我挤你,你推我地争着买东西,谁也不让谁,好像迟一步就买不到似的。母亲紧紧牵着我,远远地站在一旁。父亲一头挤进人群里,买完一样东西后再艰难地挤出来,递给母亲,再去挤第二趟。等到父母亲一样样地买完年货后,我便迫不及待拽着父亲的手,要去玩具摊。父亲蹲下身,摸着我的头说:"妹妹长大了,今年起爸妈不再给你买玩具,改买书好吗?书是世界上最好的东西,比玩具好玩多了!"比玩具更好玩?好啊!我蹦蹦跳跳地和爸妈一起到了新华书店。

书店里是另外一个迥然不同的世界。环境清洁宁静,一排排书籍摆放整齐有序，每个人神情安详，有的拿着书正看得入神，有的则贴近书架，上下找着什么。收银台前，几个准备付款的人耐心地排着队，空气中似乎还有书香浮动。我幼小的心灵被这异样的氛围感染，不知不觉安静下来。父亲来到书架前，找寻片刻，给我买下了第一本书，记得当时他买的是本带拼音标注的《唐诗三百首》。

整个寒假，每天晚饭后父亲总是搂着我，坐在家门口教我念唐诗。月色如水，洒下一地清辉，粗糙的门槛石在月华中变得温润如玉。父亲抑扬顿挫的语调和着我稚嫩的吟哦，还有母亲在厨房准备年货的声响，合奏成一首最动人的曲子。

从那年起，书籍成了我家春节年货不可或缺的一项，数量也逐渐多了起来。直到小学五年级，父亲调回同安工作，定期给我零用钱，让我自己购买喜欢的书，家里的年货才少了书这一项。我则因此养成了在书籍的海洋里徜徉的习惯。

## 爱上袋泡茶

食物若真有性别之分，袋泡茶必然是一位朴实贴心的家常小女子。外表虽然简单，里子却是如假包换的真材实料，在这个注重包装讲究表面文章的年代，更显得可贵。袋泡茶问世已一个世纪，最早流行于欧美，而后遍及全世界。它似乎总和女性扯上关系，港人称麻烦女人为"茶包"，取英文 trouble 之谐音。连罗斯福夫人也说："女人就像袋泡茶，除非把她泡进热水，不然无法了解她有多坚强。"

白开水太过寡淡，饮料太过甜腻，功夫茶太过隆重，惟有袋泡茶恰到好处。小小一包袋泡茶，薄薄一层棉纸袋，连着一根细细的线，线上是各种各样的标签。只要冲入最简单的沸水，待 3-5 分钟后，轻轻搅拌，浓缩的各种茶香、水果香、花香立刻弥散开来，最适合我等年轻人。

就这样爱上袋泡茶。

最好是雨天的黄昏，有微雨如星芒在窗外闪烁。下了班，结束一天的忙乱，懒懒地斜躺在沙发上，四下一片寂然，窗帘无声飘荡，有种冷清的感觉悄然笼上你的心头。这时电话铃声适时响起，三两个知己随后造访，欢声笑语立刻充盈了满屋。打开随手泡，取出几个晶莹的玻璃杯，再拉开抽屉，露出一包包整整齐齐的袋泡红茶。一切准备就绪后，信手冲入沸水，再丢进一片柠檬，香气鲜甜浓郁，茶色红艳明亮，滋味鲜纯爽口，色香味都齐了，顷刻满室生春。风带着各种气味从拉开的窗帘边吹进来，吹来窗外的夜来香香气儿，一只艳黄色的蝴蝶在窗台上徘徊不去。

　　喝袋泡茶，免去的是场地、茶具、水温的繁文琐节，没有"低斟高冲、春风拂面"的讲究，没有"关公巡城、韩信点兵"的客套，当然也没有茶末沾到嘴唇牙齿的挂虑。无须任何负担，一样可以品尝到茶香盈胸的喜悦，一样可以感受和则聚、闲暇则聚的惬意，如此轻松愉快。恰似那些真正的朋友，不需要特别的礼节，也不必担心因为疏于联系而淡漠，任时光流转，真情不变。

　　上班我则爱上了绿茶，原因是绿茶中芳香族化合物能溶解脂肪、消除疲劳，美容又瘦身。外出旅游我窃以为花茶最佳，出门在外，诸多不便，何况旅途往往奔波劳累，此时泡上一杯由玫瑰、枸杞、莲子芯、菊花、冰糖等组合而成的花果茶，甜润清爽、甘美芬芳，能起到健脾理气，消食健中，降火安神、爽口生津之功效。

　　都市生活节奏匆忙紧张，忙碌的你何不也来杯袋泡茶？快捷、贴心、卫生，在茶香花香果香里舒缓一下你疲惫的心灵。

# 炸 枣

那天刚踏进家门,就闻到一股熟悉的香味。"炸枣!"我兴奋地叫喊起来,果然厨房里摆着一盆炸枣,圆滚滚黄灿灿香喷喷油亮亮的勾人眼球,是乡下舅舅送来的。一咬,外脆里软,馅料香甜,小时候做炸枣的画面又浮现在眼前了。

每年春节前一个月,每家每户都开始从米缸里舀出糯米,劈好干柴,准备做炸枣了。这炸枣可是和马蹄酥、封肉并称"同安三件宝"呢。将白如银粒的糯米淘洗干净,用清甜的井水浸泡,满12小时后,糯米已经膨胀,捞起盛入箩内沥干,送到村里的磨房里,带水用石磨磨成雪白的米浆。

地瓜是早就备好了的,是用当季收成的地瓜,切成小块煮熟了,再磨成泥。磨好的米浆灌入纱袋,收紧袋口,挤压出水分取出,加入地瓜泥,放在大面盆里用力揉搓。边揉搓边加入白糖,这是个关键程序,既讲究力道大又要求用力均匀,揉搓的时间不能太长也不能太短,否则,不是柔韧性不足就是做出来的炸枣表面光洁度差。反复揉透后备用。花生仁也是早早炒熟了的,香喷喷的放在筛子里去膜,碾碎。加入白糖拌匀做馅。

抓起一团面泥,用手压成中凹的圆片,用汤匙舀起馅料放入,包紧,用双手掌心搓成圆形坯,一粒圆滚滚的炸枣就在手里诞生了。做炸枣是孩子们最快乐的时候了,大人们围成一圈忙活着,嘴里说个不听,海阔天空地闲侃着。孩子们也没闲着,勤快一点的帮忙打杂,捣蛋一点的一会儿揪块面团揉个小鸡小鸭的,一会儿偷偷伸出手,舀勺喷香的馅料往嘴巴里放……

成形的炸枣胚一个个整整齐齐地摆放着,此时可以开火了,外公蹲在灶下,使劲地往灶膛里塞柴火。灶上的油锅里,花生油烧至五成热时,就可将炸枣放入油锅,一会儿炸枣即浮起来了,此时注意用筷子翻面,否则就成一面焦糊另一面尚未熟透的次品了。炸至表面呈均匀的金黄色时捞起,入漏勺沥去油即可放入箩筐中,箩筐底铺着一层米粉,以吸炸枣渗出的油汁,不至于浪费,下一次炒米粉就可以少放油了。

"熟喽!"孩子们蜂拥而至,拿起炸枣,一边"啯啯"地喊烫一边忙不迭地往嘴里塞,两边腮帮鼓得高高的,酥酥的、脆脆的、绵绵的、软软的,嘴唇上还沾着花生脆屑,你看看我,我看看你,嘿嘿地笑出声来。看着这一堆谗猫,大人们也乐了,笑声飞出很远很远……

## 烤知了

周日清晨，赖在床上懒懒地不想起来，却有某种熟悉声响从窗户缝隙里挤了进来，再渗过厚厚的帷幕，把我的耳朵唤醒。凝神一听，呀，是蝉声！我雀跃着爬了起来，拉开窗帘，满目阳光跃入眼中，窗外绿树洒满点点金辉，夏天真的到了。我的思绪飘飘忽忽回到了童年。

也是这样的夏日，吃过午饭，大人们就上床休息，时候一般就是在下午两点到四点之间，这就是我们小孩子的天堂时间。据说这段清静的时间里，连上帝都要打盹，没有人来管我们。我跟着邻居家的大孩子，偷偷溜出门去捉知了。带上一支长竹竿，穿过空阔的禾场，还要经过一条蜿蜒的小河，来到那排小树林。有合欢、苦楝、芒果树等，太阳的光影从青翠的树叶微隙中筛了下来，暖风过处，满地日影欣然起舞，我们幼小的心也充满欢欣。抓一把麦子放在嘴里嚼成粘糊状，再将它粘在竹竿的一头。大一点的男孩子往手里吐点唾沫，三下两除二利落地爬上树，几个小女孩就提着塑料袋，站在树下仰头望着，一边细声细气地提醒着："快，那边知了更多……"。男孩子把竹竿悄悄地伸过去粘知了的翅膀，知了似乎特别没有防备之心，还在兀自鸣叫。等它们感觉到那根粘着麦糊的竹竿伴随着危机降临到它们的头上时，已经无法挣脱，"束翅就擒"。

　　捉了满满一口袋的知了后,去掉足翅,用盐水略浸(主要目的是消毒去躁味),用一根小铁丝插好备用。这边小伙伴们已经拾了些枯枝落叶,堆成一堆,生起火来。小心翼翼地把知了放在火上烤,这工序关键是知了和火苗的距离要掌握好:距离远了烤不熟,距离近了就会焦糊甚至成灰烬。还有一种做法是把知了尾部掐掉,塞进一粒黄豆,放在火灰里焖。几分钟后,一股香味就弥散开来。我和小伙伴们手忙脚乱地把抓起一只知了,顾不上那烫热,掐头去尾留下脊背处的一块瘦肉,忙不迭地放入嘴里。印象中的烤知了吃起来焦香酥脆,带着一股烟火之气,别有另一番滋味,现在回想起来还齿颊生香,回味无穷。

　　韶光易逝,虽然知了年年依旧在夏日的枝头上歌唱,但儿时的那份童趣已不复存在。天堂时间里的美味——烤知了,只有留待记忆里,直到这样一个晴好的夏日,再翻出来晾晒回味。

巴东海滩的落日

辑三
XINGSHE 行涉

日日清晨,室内的光线从牡蛎黑、珍珠灰渐次变幻成蛋壳白,朝阳随之疏疏穿入窗棂,软软地抚上脸,带着几分暖意。睡意朦胧中,窗外的鸡啼声、狗吠声、鸟鸣声、鹅叫声等交错响起,是天然之声籁,抑扬顿挫,如珠雨落下,荡漾于耳际,再覆满全身。

上下班,走的也是长长海岸线,日色如金,贝壳青,麝香黄,丝绸紫,石榴红……各种颜色在海平面上的广袤苍穹中变幻无穷,更兼霞映桥红,烟笼柳暗,我每每都要驻足,屏息于大自然奇异瑰丽的美了。

# 梦回玉龙雪山

又到乍暖还寒时节,记忆深处那座白皑皑的雪峰如梦般重现眼前。

三年前的这个时节,我正经历人生第一个低谷,遭遇一连串的挫折与打击,伤痕累累的心上缠满无端的愁绪,我渴望逃离喧嚣都市,我希望寻找世外桃源。

玉龙雪山就是这样与我不期而遇。

第一次在杂志目睹雪山照片,有种惊艳的感觉,但又马上否定。以往也曾去过不少景点,最后总是抱着"见面不如闻名"的遗憾怏怏而返,山水怡情只是云烟过眼,所谓名胜常不觉佳。最后打动我的是照片旁边的文字,提到"两枝桂花"的故事:如果你在城里遇到一位悠闲老者,手拿两枝桂花。你若问他:"是买回去插吗?",他会微笑回答:"插是插不活了,只是闻闻香味。"智者的话不正是要说给我听的吗?

于是收拾行囊,独自一人踏上丽江古城。

静默的玉龙雪山在不远处闪着银光,似乎在对我召唤。我屏住呼吸,神奇的自然之美,在我面前缓缓展现:碧空如洗,阳光普照,那高高的峰峦,覆盖着银白色的雪盔,亮得耀眼,它是永远不化的,让人感受到威仪凛然,也体会到亘古的美丽。

坐上2968米的索道，来到海拔4500多米的半山腰。一颗浮躁的心，不知不觉已安静下来。顺着专门架起的木路，扶着栏杆，向上，向上，每走一步，就像卸下了一些烦恼和重负。

整个下午，我独坐雪山，这里的空气甘美甜润沁我心脾，这里的微风温柔清泠擦我泪痕，这里的积雪洁白纯净涤荡我心。此刻我的心境竟已是一片风清云淡。曾经纠纠缠缠的那些烦恼，不知不觉已如一阵烟般淡了，轻了，远了……

雪山无语与我对视，仿佛相识已久。我不知道是不是注定要有这么一场伤痛，才让我来赴这样一个前世的约会。这个下午，茫茫天地之间，我把忧伤肆无忌惮地倾倒，让自由尽情绽放。但愿今后的岁月中能如灵光一现再次闪烁今日的美丽。

玉龙雪山，我心里的天堂！从此你成为我人生不可忘却的一段回忆。尽管红尘俗世纷纷扰扰，羁绊住我再见你的脚步，但无数次魂牵梦萦的还是你。玉龙雪山，有生之年我一定会再来赴这场心灵之约，再在你的冰肌雪肤上，留下我的屐痕。

# 宏村走笔

初到宏村，跃入眼帘的是村外南湖如一弓形，弓弦处铺设石板通道，拱桥贯穿湖心，形如架在弦上引而不发的羽箭。遥想那些从羽箭上走出去的古徽州文人商人，该如这弯弓射出的一支支箭翎，追寻大山之外的人生梦想。来往的人手争相拂触，拱桥栏杆已被打磨得光滑细腻。

宏村不是因为《卧虎藏龙》出名的，却因这部大热的影片更加闻名遐尔。李慕白一袭长衫飘逸，牵着马缓步走过石拱桥；玉蛟龙惊鸿般掠过，平洁的南湖镜面留下一抹倒影，影片中不时出现的美景让人心驰神往。信手翻翻当地出售的旅游图册，春日大片油菜花金灿灿，夏日斜柳摇曳竹海葱茏，秋日天高水澄，满湖风动荷香。冬来残荷断茎长堤堆雪⋯⋯"水墨画的乡村"果然名不虚传。

漫步小巷曲曲折折，两旁建筑极具地方特色。粉墙，青瓦，马头墙，均以灰白为基调，在绿水青山的映衬下，宁静祥和。高大封闭的墙体里，方形天井别具匠心，所有天降雨露均汇集于天井，再顺着水枧流入屋内下水管道，称之"四水归堂"，取其"肥水不留外人田"之意。

来宏村总要看看"承志堂"，宏村现存明清两代建筑近 4000 栋，保存最为完好的就是这里。此处原是清末大盐商汪定贵私邸，建筑面积3000平方米，如同欧洲中世纪城堡。步入厅堂，左右四顾，上下左右尽是木雕缕空门窗，精美绝伦，金碧辉煌。据说当时仅用于木雕表层的饰金，就费去黄金数百两。最喜那幅"百子闹元宵"，100个天真孩童面容动作服饰各异，玩龙灯、耍狮子、踩旱船、点爆竹，惟妙惟肖。屋内厅堂众多，名字起得妙趣横生，专供吸食鸦片的屋子名为"吞云轩"，搓麻将时叮当相碰之声可不就是"排云阁"了！古民居纵然精美，可惜因时代久远褪了色，恰似陈年刺绣，金银线尚暖暖有光，但绣花的人已芳踪杳然，只留下隐隐陈香，还在依稀诉说着旧日的旖旎。

　　一路行来常可遇到树下乘凉的村民，嬉戏的孩童，绘画的学生，个个表情悠闲沉静，恍若身处世外桃源。宏村人擅长因地设景，故处处皆景。走累了，在水榭"美人靠"前观鱼小憩，或在后院花园赏花间流水，怡然自得。

　　漫步宏村，仿佛在画里行走一般，既是身体的一次漫步，更是心灵的一次跋涉。山中的回声，水上的桨声，烟影，月痕。无端地，我脑子里浮现的都是这些想法。真想学学当地人，拉一把竹椅斜倚着，阳光从树叶的微隙中漏下，暖暖地催人入眠，双眼不知不觉便眯缝了起来。远处似乎有谁在说着什么，不管他啦，敷衍地挥挥手，我且先做个好梦。

# 文庙永恒

拜读了朱以撒老师刊登在散文第一期上的《徐徐绽露》，勾起了我一腔怀古尊孔之幽情。一大早，信手招来一辆人力三轮车，晃晃悠悠，穿越半座城市，我来到文庙前。

可能是周末吧，一路人少，空气还未沾上灰尘，有种透明的轻，游于肺腑中，令人神志清明。文庙位于同安实验小学内，创建于五代末，现在是县博物馆。暗红色厚实的外墙，文庙在冬日温暖的阳光下静静地散发着悠远肃穆的气息，我欣然而入。

一进去，第一眼看到的是刻着"兴贤育才"的石坊。坊后是一座单孔石拱桥，桥面是二龙戏珠的石阶，桥下清流呈半圆绕过。后面则是一片绿草地，已是初春时节，尖细的绿芽悄然探出了头。草地上散放着各种石雕刻共约400件。这些石雕，有生产工具、生活用具，如碾布的踏脚石，榨糖的蔗轮，喂马的马槽，练功的义勇石。右侧大成殿是孔庙的正殿，也是孔庙的核心。为木砖石结构，重屋檐歇山筒丸顶，历代均是祭孔和兴办学校的地方，新中国成立后，先后作过同安一中和实验小学。天井东西两原来供奉的72贤人和77位先儒的神位，现改作陈列接待室。陈列同安自新石器时代到辛亥革命各历史时期的重大史迹和十位杰出乡贤明宦的业绩。

文庙里空无一人，也许是我来早了，也许平日里的孔庙就是这般清净。喜欢这样的空荡与低调，这样的寂寥与暗哑，这样的朴素与不张扬。像磨砂过的蓝色印花布，象洗旧褪色的绸缎，像泛黄卷边的宣纸，然而它又是深邃不可捉摸的，我浮躁的心境一下子宁静下来，这就是佛家弟子所说的"从宁静中安顿身心"吗？

庭院深深深几许，徜徉于静寂的孔庙里，有暗暗滋生的青苔，随生随灭；有我扣响石板的足音，恰似对自己灵魂的拷问。随处而坐，仰头望，天空虚蓝成某种可望不可及的境界，云翩跹而来，随性卷舒。小鸟飞过，再细看已了无痕迹。就像多少文人骚客，风流总被雨打风吹去，骈文骊句唐诗宋词元曲，大浪淘沙后留下的才是千古文章。在此时空里，我仿佛与一代代的书生交会。闻到经史子集、诗书画篆散发出来的阵阵墨香，甚至能感觉到他们飘飞的衣袂和文人落落寡合的书卷气息。

思想是空气，无处不在。在两千多年漫长的历史长河中，儒家文化逐渐成为中国的正统文化，并影响到东亚和东南亚各国，成为整个东方文化的基石。孔子的思想也已化成人类的灵魂而世代传薪。正如古旧的文庙与崭新的教学楼相映成趣却又和谐相处一样，它的文气早已潜移默化地融入这座城市里了。

走出文庙，大街上人流如织，繁华的景象恍如另一个世界。我仿佛刚从一本泛黄的古文里走出，进入了另一本崭新的科学书里。文庙坐落在学校里，确实是一件很美的雅事。我庆幸自己出生在这座素有"正简流风，紫阳过化，海滨邹鲁、文教昌明"之美誉的小城镇里，它象一位娴雅温婉的小家碧玉，妆容朴素，笑颜内敛，气质芳华。

初春正午的太阳晒久了，也有着炙人的温度。天地万物在阳光的照耀下，越发显得生机勃勃。我坐上三轮人力车，归去。

# 摘下银城的四片叶子

题记：同安风景是养在深闺人少识的小家碧玉，一旦恋上，爱意无尽……

## 龙潭天籁

进了北辰山门，拾阶往上，往上，便是十二龙潭。

岩上，一挂清泉一波三折迤俪而下，汇成一潭不大的绿水。水满而溢，潭边泻出一股清流，扯出一条小溪，往下潺潺而流不知去往何处。

走近潭边掬起一捧清泉濯足、洗手、净面，身心了无杂尘，陡觉轻快。又上岸，在绿阴里流连，眼前是一片浓绿，树影参差，一片宁静。

黄昏，蝉声已然杳，蛙鼓尚未鸣。有风吹来，带着草木的清香和山野的气息，闻之神清气爽，心里麻酥酥的。水绿山青，秋野的花在晚风中粲然独放，我的心亦在夕阳下尽情放歌，自由飞翔。

听，听那清泉自流的泠泠淙淙声，风过林梢的细细微微声，间或一两声归巢的云雀儿啼转悠悠。还有，还有那些纤纤细细的，是蝴蝶掠过耳边的振翅声？是秋虫在地上爬行的足音？是小草向上生长的拔节声?

受约束的是生命,不受约束的是心情。

似乎时空已凝止了,此时此境,所有的尘忧俗虑涤荡一净,只留下满心空明澄清。

## 汀溪赏月

入夜,携友来到汀溪水库。

夜的汀溪,蒙上了甜蜜气息,躺在山的怀抱里,恬静、安详。

黛蓝色的天空好象刷洗过一般,没有一丝云彩,又高又远。杏黄色的月亮好像长了脚似的,缓缓地几乎让你感觉不到地往上爬着,"看,月亮爬到我们头顶了!"同伴欢呼。

一轮明月升上空,似刚洗过的玉盘纤尘不染,把满目清辉泼泼洒洒地倾泻。随着夜的脚步,它慢慢地褪去了动人心魄的黄色,变得白炽起来,月色更妩媚迷人了。近的山路、树枝,远的群山剪影都洒上了一层薄薄的银粉,融进月色里,犹如一幅朦胧画虚无缥缈……水库发亮了,仿佛黎明前的晨曦,"月光如水水如天",说的不正是这情景吗?

初秋的夜,渐渐凉了,凉得像井水一般。夜色也是这样,在月光照不到的地方幻变成蔚蓝,透明而微亮的蓝。

在城里是看不到如此清澈的月,高高悬挂中天的是汀溪特有的月。与山对弈,与水把臂,我深深呼吸着清凉的空气,在这样安谧、深邃的月夜,生命渐渐醇化了。

## 梵天暮鼓

历史在这里凝固。

大轮山群峰横亘数里,奔跃如车轮,从隋代起,梵天就坐落在群峰之间。山的浑厚,寺的庄严,浑然一体,交融相映。

千年已往,多少物事灰飞烟灭。如今梵天禅寺已修缮一新,雕栏飞檐、风铃吟哦、肃穆壮观。四周茂林修竹阴翳;池水波光粼粼。整座寺庙静谧空灵,令人心旷神怡之余,怀古之幽情悠然而生:新换了妆容的你,曾历经多少朝代交替,遭受多少磨难浩劫,只有大轮群峰不舍昼夜相依相伴,今日的你内心有着怎样的沧桑和回忆?

群峰无语,古寺静默,惟有暮鼓声声,声声暮鼓……

与自己对话,独自一人面对古寺,在历史与今天之间检视心灵,沉淀思绪。面对梵天禅寺我的心变得柔软,突然有落泪的冲动。

在这千年古寺,忧伤变得凝重,孤独可以深入,思念已经结冰。

在这千年古寺,我祈求神保佑你们,所有爱我的人和恨我的人。

## 莲花探幽

寻幽，在我看来最佳处莫过于莲花。

莲花是一座山，因主峰巨大裂石形似莲花而名。

一条撒满斑驳光影的狭小石板径，弯弯曲曲，从幽静的绿树丛中延至脚下。"绿竹入幽径，青萝拂行衣"，树木参差，藤蔓蜿蜒，层层叠叠密密实实地在石径两侧形成一道绿色屏障，遮蔽了当空烈日。

渐行渐远，渐入幽深佳境，只听得脚跟扣响石径的声音，平添了密林的幽静。绿色的枝叶浓得化不开，阳光在枝叶上徘徊，漏下斑斑点点细碎的影子。枝叶下的山坡潮湿阴凉，蕨类丛生，自成一个小世界。

一泓清泉，清澈见底，将蓝蓝的天，淡淡的云，绰绰的影，小心翼翼拓印下来，再悠哉游哉地载过布满青苔的山石，布散着往山下而去。在朱熹看来，这便是"灵源"了，于是这位大理学家的手迹便也注定成了这儿风景。

半山腰上藏着的石洞，名曰"石释洞"，似莲花的笑靥。以山石为顶，洞底平缓，清净幽雅。洞为四方形，也有佛龛，少有香火，洞内经文石刻寂寞无人问。

在莲花山，我最想让自己变成一朵小小的野花，就这么幽幽地开着。

辑三 行涉

## 我和草原有个约会

"当这上天赐与凡间的美丽,天堂出现在我眼前,我的眼泪几乎夺眶而出。"

——帕瓦罗蒂

八月的一个下午,我乘坐厦航班机从厦门起飞,经过两个半小时的飞行时间,到达北京机场。在大前门街溜达,顺便解决晚餐后,跳上23:47出发的火车,于次日凌晨四时到承德。马不停蹄地,5:30坐清晨第二趟班车,三个来小时后,终于来到了木兰围场。如此舟车奔波,只为赴一场和草原的约会。

### 乱花渐欲迷人眼

在坝上,没有车辆寸步难行,因为草原太广袤了。车是我们在厦门就提前租好了的,开车的师傅姓蒋,八点半就在围场车站等,我们一下车,就直接开往机械林场。

沿途的风景很美丽,天空明亮高远,干干净净,看不到一丝云彩,阳光很灿烂,衬得各种花草颜色更加艳丽。草原忽高忽低,坡度柔和，草很密，像厚而软的毡毯，让人想在上面打滚儿。连绵起伏的丘陵草原上点缀着白桦树稀稀疏疏，有单棵的，有三五一簇的，有几十棵成丛的……。最美的当然是那些野花了！六月到八月，是草原赏花的最佳时节。蒋师傅介绍说，草原的花儿约每十天换一茬，每一茬总以领衔花种为主色调，其余颜色陪衬其间。所以即使单为了看花，夏季不同的时间来，草原都会给你不同的惊喜。深深浅浅的各种颜色的小野花儿，绝大部分都是头一回看到，在绿草地上闪闪烁烁。奇妙的是，明明就是一片草地，却生生地因为花色的不同划出很多区域来，脚下的可能是一片黄花、右边就是一大片野生的雏菊，而前方不远处是紫色与浅粉的交融，草原的美丽面前，我第一次感到语言的乏味苍白，只能如同中蛊般不停喃喃自语："太美了！"每个角度都是景色，每每当我们迫不及待地停下拍照完后，再往前行，又发现前面还有更为美丽的风景时，总会烦恼不已！

晚上，住在红军军马场的蒙古包里，体验着不一样的夜晚。半夜我走出蒙古包准备解手，无意中仰起头，被漫天的星星惊呆了！广袤的苍穹镶嵌着无数颗星星，沐浴在漫天星光下，我深深陶醉于大自然的绮丽和宇宙的神秘。

## 芳草碧连天

到了草原，睡觉都是种浪费，于是次日四时，我们早早起床，驱车到小红山看日出。清晨的空气清泠爽净，四周寂静无声，草尖上挂满晶莹的露珠，脚踩上去，简直能听到露珠迸破的声音。比起海上和山峰，草原日出别有另一番神圣大气的景色。

回来吃过简单的小米粥，我们再次出发，前往欧式风情区。

今天的万里晴空多了些雪白的云朵，阳光透亮透亮的，在无边的旷野之上，蓝天和绿草地之间，空气中蒸腾着草腥味，各种野花的味。因为两周没下雨了，天空飚来干干的土气，牛粪的张气味，一阵阵催眠般让人迷乱。青草茂盛，生生不息。骑上骏马，在蓝天白云下，万亩草原上纵情驰骋，马开始小跑啦！风吹动发稍、云掠过头顶，心儿也变的开阔豪气。遥想几千年前，多少健儿女，也在同一片土地上纵情驰骋，耳边仿佛还想着他们的笑声，不由得痴了。欧式风情园如今是《还珠格格》、《康熙帝国》、《射雕英雄传》等多部影视剧拍摄基地，重演几多历史的烟尘。

享受完孜然羊肉、哈什海炖土豆等富有地方特色的美味午餐后，下午，我们前往蛤蟆坝，这个地方独自上过中国国家地理杂志，名气大着呢。可惜地处较偏，旅游团的路线里一般都忽略不计。

蛤蟆坝小村不大，站在南边的山上往下看，两山加一谷的地方。一条小溪时断时续的从村中蜿蜒流过，溪两边是农舍，土里土气的房子周围用木栅栏围着，种着些青菜和坝上盛产的胡萝卜，还圈养着几只驴子，古朴原始的田园风味，俨然世外桃源。我们在坡上坐着，静静等候着牧归的牛羊。夕阳暖暖的照着，身边凉风习习，耳畔一片静寂，眼前好风景一览无遗。等到6点多，羊群，牛群陆续回来了，草原、村庄、溪水、羊群……这样的场景怎么如此熟悉？也许是在某个时空，某一个陨落的梦，几世暗暗留在了心中，等一次心念转动，等一次情潮翻涌，隔世，终于与你相逢。

## 八月湖水平

红松湖、泰丰湖、七星湖、将军泡子……草原的湖泊，似饱满的蓝色水晶，星罗散布在野花和绿草间。生于南方的我们，虽然见惯了水，可是没见过如此美丽的湖水。

　　天空澄清湛蓝，倒映在水上，湖水也变得湛蓝湛蓝的，几朵白云也倒影其中。湖水清澈，环绕湖泊的沙砾为红色，给湖水镶了道美丽的花边。湖边挺立的水草恰似湖泊的睫毛，不远处的一排白桦林就是眉毛了。远处平缓起伏的微风拂过，湖水荡起阵阵涟漪，湖面上黄色的小花、绿色的浮萍，红色的水草也随风而动，该是草原馈赠给我们的秋波了。最美的是湖泊的形状，还有几只野鸭在湿地里嬉戏。

　　短短两天的坝上行，享受的是一场视觉上的饕餮盛宴。临别时，租车的蒋师傅变魔术般地拿出一大枝花，没有叶子的枝干上，密集的粉色小花聚成一片，淡雅清丽。蒋师傅说此花名叫"干枝梅"，永不凋谢。我珍惜地一路呵护着，带回了家。

　　坝上草原，很多地方值得一去再去，四季变幻更替，风景从来不同。匆匆一面，从此我患上了草原的相思病。

# 凤山行

进入三伏，一天热似一天。本拟到石牛山避暑，可惜那里正在整治，无法接待游客。在厦门周边的地图上寻寻觅觅，最后把目光锁定在安溪凤山岩，那里的海波较高，想必凉快些。于是寻个周末，直奔而去。

过大坪、小坪，进入安溪境内，两旁的茶园梯田更多了，茶树绿油油平整整，和赤红色的土壤层层相间，我们就像在一幅幅风光山水画中穿梭。到了凤山山下仰头望，只是寻寻常常一座山，可当我们沿着山道蜿蜒前上，眼前忽现片空地，中间一棵古榕树，覆盖面积约超过600平方米，像一把巨伞庇佑着一方村民。原来这里就是内灶村口，树下几个小孩在玩泥巴，看到车辆好奇地转过头来张望。

继续向上，道路蜿蜒曲折，空气清新，隐约有茶清香，温度也比山下凉爽不少，果然是避暑的好地方。道路旁有小片小片的菜园子，面积三五平方米不等。山区土地资源稀缺，勤快的内灶人只要逮着小块空地，就要密密种上蔬菜。于是，处处可以看到紫色的茄子，绿色的青椒，茂密的地瓜苗和长豆等，一片田园农家风光。几只大黄狗，汽车开到身边了也不搭理，兀自卧在道路中央，半眯着眼睛，望着天空想自己的心事，让人哭笑不得。屋里的女主人见状出来，大声呵斥几声，大黄狗才斜睨我们一眼，懒洋洋地起身让了道。

村里的房屋多是黄泥抔的砖做墙,密密叠叠的黑瓦为屋顶,依山而建,一座连着一座,每座房屋前面视野开阔,尽享一山好风景。屋前门后都堆着木头,垒得齐齐整整,是烧饭用的吧?煮出来的饭一定特香!中午时分,炊烟从窗户袅袅飘出来,女人走出屋子,扯着嗓子喊两声,那个流着鼻涕满村子玩疯了的小屁孩嘴里应着颠颠跑回来了。现在还有这样的世外桃源吗?我迷惑于眼前的一幕,忽然很想留在这里做一个内灶女人,只要米缸有米,水缸有水,日子就可以地老天荒一直过下去,宁静、悠远、幸福,管它村外的世界如何变幻。

到了山顶,山峰毓秀,清泉潺潺,两边岗峦起伏,相互映照,似"飞凤朝天"。有一寺庙名为凤山岩,倚山而立,庙前半汪水塘,塘里天光云影共徘徊。庙的两旁各修一小亭,我们刚走在亭里,夏日午后的雷阵雨倾盆而下。同伴大喜,说雨后必有云海,我们有眼福了!雨停后下了山,在长泰处沿途果然看到厚厚云彩,在山峦中悠忽来去,幻变成各种形状,几乎可媲美黄山云海!

对于性本爱自然的游人来说,也许一方山水田园已足以慰藉心灵。

# 倘徉红尘天堂间

春宜赏花，秋当赏叶，夏日炎热，去古老美丽的村镇走走，重访历史与人文；或到山上避避暑气，偷得浮生半日闲，都是不错的选择。福建的长汀与湖南的凤凰，法国人路易·艾黎称之为"中国两个最美的小城"，端午节小长假，正好安排近郊自驾游，于是我们前往长汀，游玩后感觉一般，没想到最大的惊喜却在附近的培田古村落。

## 培田访古居

培田村位于福建省连城县境内，有"福建省民居第一村"、"中国历史文化名镇（村）"的美誉。到了古居门口，刻着"恩荣"的牌坊映入眼帘，旁有两驾水车，水车下清澈的流水潺潺，劳作了一天的人们和嬉戏倦了的孩童在树下休憩，不远处稻田、青山，一派田园风光，恰似一副恬淡而抒情的中国画。

古居"枕山、环水、面屏"而建，一条官道擦村而过。面积仅13.4平方公里、住户300多家，却保存着30幢大宅、21座祠堂、6处书院、1条千米古街、2座跨街牌坊、4处庵庙道观。村口的文武庙,文武合祀,更是客家一绝。找一条小巷子,沿着窄窄深深,鹅卵石铺就的小路而入,脚步再轻些,莫惊醒了古老的村落。溪水低回环绕,穿街过巷、直通各户,是古时朴素的自来水工程。斑驳的门楼间间都不太起眼,进入其中方觉一片锦绣,厅高堂阔、雕梁画栋、精细的木雕装饰依稀可辨。门楼里曾承载人间多少悲欢,见证过世间多少沧桑?有多少相同的情思哀愁,生生世世沉默或流转……

容膝居,古培田人的妇女学馆。一代代出嫁前的女儿和娶进来的媳妇都在此学习家训、礼仪、烹饪、女红、妆扮、以利相夫教子。"庭来竹友心胸阔,门对松冈眼界宽",大门两侧的这副对子,凸现了对妇女的尊重与期望。天井前照壁上"可谈风月"四个大字,则打破了封建礼教的禁锢,给妇女们一个谈论"男女之事"的自由天地,充分体现了四五百年前古培田人的开明思想。大和山道堂是中国最早的"戒毒所",当时提倡通过"空腹餐气、静坐练功、饮茶诵经,进入万物皆空之意境",以修真养性和恢复元气,达到戒毒的目的,现仅存正殿。更有那"大夫第""侍卫府"两座九厅十八井建筑,有前厅、中厅、后厅,楼上、楼下、左花、右花等九个正向大厅,夹着前井、中井、后井,横屋两直等十八个天井向两头延伸,布满密密麻麻的厢房,左右对称,层层递进。上厅供祭祀、族长议事之用,中厅接官议政,偏厅接客会友,楼厅藏书课子,厢房横屋起居炊沐、家族聚居,集政、经、居、教于一体。因天井众多,整栋屋宇光线充盈,井然有序、疏密有致,给人以均衡平稳的美感。

走出村口,我再次驻足回望。古镇是历史的见证,人类悲欢的结晶,已经苍老和剥落的墙壁,残漆遗留的木扇、窗棂,桅杆、石雕、分明凝聚着浓得化不开的乡愁,无一不述说着久远的故事,让人不禁联想起杏花微雨笼罩下的江南,联想起古中国,有种莫名的思绪在胸口涌动。那是每一个"和中国恋爱过,一片碎瓦,一角残砖,一些在时空消逝的人和物，我的记忆发酵着深入骨髓的恋情，一声故国，喷涌的血流已写成千百首诗章"的中国人都能体会的。乡愁就像子弹一般镶在胸口，在某个不经意的时刻折磨一些无法回归家园的人，让怀乡人的心头隐隐地作疼，不管这家园是心理上还是地理上的。

## 迷路在芷溪

自驾游，总有无限可能。这不，我们原本要到新泉享受温泉鱼疗，因时间尚早，就拐到附近的芷溪。是呵，芷溪，多诗意的名字！想象一条蜿蜒的小溪无声流过，溪畔长满芬芳芷草的美丽画面，就足以让人心驰神往。更何况芷溪与江西婺源、云南丽江、浙江乌镇、江苏周庄、湖南凤凰等来自世界各地的名村古镇一同入选"国际生态环境和谐（美）村镇100强"。既已来到此地，又怎能错过佳人呢？

到了芷溪，已是黄昏时候，进了村庄，房子一律的青砖黑瓦，小路平平仄仄、弯弯曲曲，到处都是岔路，到处都是样式大致的民宅。更有小溪一缕，在村里家家户户门前蜿蜒。清新凉爽的夜风，带来了炊烟的气息，身旁的水池响起低低的蛙声与虫鸣，沉迷其中，恍恍惚惚，我们忽然发现自己迷路了，暮色四合，怎么办？恰好对面迎来一位老人家，热心地带我们走出去。老人家说，这里住着一万多人呢，宛如迷宫，莫说是游客，就是村里嫁出去的女儿，如果几年没回来，再进村子也都找不到回家的路！

走了约二十分钟，隐约可看到村口，还有阵阵喧哗声，声音越来越大，老人家介绍说这是当地请神的一个纪念日。灯火影绰里，迎神的队伍、夸张的舞蹈、鞭炮、轿子、聚集的乡下人群，如此熟悉的画面，时间仿佛倒流30年，我看到童年的我在乡下外婆家的场景，也许倒流到 200 年前仍还是一样的场景。于是你有些失神，原来有些东西不随着时间的推移而消失，仍在一代代的传承、延续，只要某个特别的日子，或场合，便在垂首追忆的恍惚中悄无声息地重新弥漫回来，让人心醉神迷，夹杂着几分让人心碎的甜蜜。

寻访古镇，意味着心灵的回归；意味着对历史，民族文化的回顾。古民居充满着文化沉淀的气息，只可惜个别角落卫生欠佳，绕村的溪水也不再清澈，多少影响了观瞻。另一方面，因为重视的力度不足，或许还需要更多的修缮费用，宝贵的历史文物日渐衰微，让人惋惜。走出访古追思，次日，我们转往梅花山，去享受大自然最原始的馈赠。

## 仙境梅花山

方圆 220 多平方公里的梅花山系国家 A 级自然保护区，境内绝大部分为原始森林。

山区的天气瞬息多变，昨天还是晴朗燥热的天，今天就云雾缭绕，夹杂着断断续续的小雨。车子在山路绕行，视线极差，但空气非常清新。山上有千亩的毛竹基地，密密匝匝的竹林摇曳着漫天翠色，丝毫不逊色于电影《卧虎藏龙》里的竹林！更有红豆杉园，清泉石上流，鸟鸣山更幽，我们在云雾里穿行，更觉体轻心静，超脱于尘世。

峰峦叠嶂，山路不断向上延伸，不知绕了多久（据介绍此景区千米以上山峰达 70 多座），终于来到中国虎园。虎园为环形设计，可漫步，亦可开车，园里有许多动物，多为半野化结合野化豢养，因此比城里动物园的动物活跃了很多。绿孔雀高傲地踱着方步；猕猴看到游客，人来疯地来回奔跑；梅花鹿胆子很小，约有二十来只，聚在一起，远远地与我们对持，美丽而温顺。

华南虎被国际自然和自然资源保护联盟列在世界十大濒危物种之首，早在1998年，龙岩市就引进二雄一雌3只华南虎开始进行野化豢养，预计到明年，虎园的华南虎数量将达到100只！华南虎在园里的最深处，我们走上空中走廊，隔着网，脚下就是虎舍，华南虎近在咫尺。老虎的个头很大，我们低头对着它们喊，它们仰头看着我，回以低沉的虎鸣，不怒自威，威猛凶悍的本性已逐渐恢复。还有一些华南虎散布在上百亩的野化豢养区里，可惜雾气迷蒙，无缘一见。

漫步梅花山，空气富含负氧离子，沁人心脾。难得的是还有个高山湖泊，唤作"天诉池"，深不可测的池水、树木、杜鹃花、湖心岛、弧桥，都在雨雾中若隐若现，像极了影片《无极》中满神生活的如镜湖泊，神秘而平静。

此番行走，既对话了古民居，现代与古朴水乳交融；又探访了大自然，动物和人类和谐相处，感慨颇多，可谓不虚此行！

# 我和我追逐的梦
## ——平和县灵通岩自驾游记

　　临漳之西九十余里，有天峰之山，飞颉馋睨，亦可万仞，洞壑绵亘，钩梯悬绝猿鸟，四时腾空塞径。其岩廊诡巅，或数千步，皆在山脊，如束腰帛；其垂瀑瓢注，或数百尺，皆自山卤而下，如散絷结。

——明朝黄道周《梁峰二山赋》

　　秋分已过，寒露未行，临近"十一"黄金周，天高云淡，正是出游的好时节。身仍在，心已远，我早已跃跃欲动，几经斟酌选址，最后锁定平和县灵通岩为目的地，据说那里以险峰、奇石、清泉、飘云为四大特色，明朝大学士黄道周更赞其"三十有六，一一与黄山相似，或有过堰，无不及者"，这不就是我梦寐以求的自然圣地吗？"十一"一到，我们从厦门出发，兴致勃勃地展开了一段寻梦之旅。

## 江上数峰青

　　进入漳州境内，一路蕉园、土楼风光旖旎，令人想欢呼雀跃，想纵情高歌。车子过平和县城，再经坂仔、国强、安厚，小溪四个镇，下午14时，我们进入大溪镇境内。从山脚的水库望上去，灵通山七座山峰（狮子峰、紫云峰、石屏峰、楼云峰、擎天峰、大帽峰、小帽峰）并峙，峰峰方圆数公里，形如锯齿状，山骨峭拔嶙峋，岩石外露，似一排铮铮铁骨的硬汉携手屹立直插云霄。"曲终人不见，江上数峰青"说的该是眼前之景了。

车子沿山路蜿蜒而上，同伴忽然停了下来，叫我下车回看，从山上至山麓数百米高的整座山峰，酷似一尊佛祖侧头像，仰视苍穹，妙相庄严。古人诗云："惆怅崖边遗旧址、尚存古佛独庄严"，大自然的鬼斧神工确实让人赞叹不绝。

下午3点，车停在了青云宾馆，我们收拾物品，拾阶而上，一路蝉噪林逾静，鸟鸣山更幽。大约爬了一个半小时，抬头望见灵通寺，红檐绿瓦白墙，修葺一新，如琼台楼阁，悬空而建，临崖欲飞，险峻异常，果然有几分"悬空寺"的味道。于是拾杖急行，山路数转到了寺下，隐有禅香入心脾。步栈道，过长廊，有细雨撒面，仰头举目，水从寺顶突出的岩头上凌空顺势而下，化作断断续续的银线，水滴渐落渐细，坠入幽深峡谷终不见，这就是十八景之一"珠帘化雨"。

站在寺旁的清霄亭中，极目眺望，湖光山色，尽收眼底。山下的新荣水库似一尾金鲤鱼，横卧青山绿树中，流光溢彩；盘山公路象一条黄丝带，九曲十八弯，弯弯相扣；远处崇山峻岭连绵不绝，衬着渐次变换的青黛天色，愈发景色纵横开阔，此时更兼风生袖底，所有尘虑俗怀，已爽然顿释。

不觉日头西沉，月升于东，相辉于远山近峰，天色渐暗，腹中饥肠辘辘。想到明天还要再攀最高峰——海拔1287米的擎天峰，那里据说风景更佳，还需保存体力，于是我们依依不舍地下了山。山腰的农家餐厅菜肴味道鲜美，大伙儿又饿又乏，当即风卷残云，大啖香喷喷的鸡汤和脆生生的野菜，觉得人生最大的幸福莫过于此！唯一的遗憾是没能看到四大美景之一的飘云景观，不过也许明日登顶就会遇上也说不定呢。人生亦是如此，只要一息尚存，就还有希望在。

## 星子与露珠

　　青云宾馆前面一大片沙地平坦开阔，正是露营的绝佳位置。晚上7：30，洗漱完毕，我们搭起了帐篷。接起两根一截一截的撑竿，在帐篷顶端插成十字形，撑起帐篷，用地钉固定在地上，铺上防潮垫，钻进睡袋。躺在自己建造的小小安乐窝里，很有成就感。记得出发前一天晚上，我们到五缘湾看放飞萤火虫活动，还在说星星真多呀，同伴就说明天露营星星保证让你一次看个够。可惜今天空不作美，黑沉沉的，只有太白金星在天边悄然闪烁，不过这丝毫没有影响我的兴奋心情，因为宿营对我来说还是第一次呢！

　　帐篷里有点闷热，一开始我们都难以入睡。四周寂静无声，慢慢地，阵阵凉意携带浓浓睡意一同袭来，我不觉已迷迷糊糊即将沉入黑甜乡，忽然被摇醒，同伴激动地说起来看星星啦。把头探出帐篷，惊喜之下我不禁狂呼出声，漫天星光镶嵌在漆黑的天幕上，密密麻麻璀璨夺目，我平生从未见过那么多的星星！都说星星是穷人的钻石，我赶紧躺下来，透过帐篷边上拉链拉起来的"天窗"，贪心地数了起来，一颗，两颗……实在太多了，不知什么时候睡了过去。

　　6时，被车窗外明亮的光线照醒，我跳下车，哇！清晨第一缕朝霞如希翼之光透过两峰的峡谷，象一条条闪亮的带子若隐若现的撒在了这山间小道上。空气甜润清泠，穿上长袖长裤仍感觉微有寒意。沙地还有几分潮湿，四周翠绿的树叶沾满了水珠，发出亮闪闪的光，青草混合泥土散发着清新湿润的香味，伴着晨风满山遍野飘荡。鸟儿在林间婉转啼鸣，忽急忽缓、忽远忽近。青山，绿水，白云，蓝天，红日，最艳丽和最雅致的色彩迅速交融晕染，山野正在节节舒醒，新的一天开始了！

## 险登擎天峰

我们想赶在旅游团登山之前登顶，于是匆匆在青云宾馆用了早餐。7点40分从青云宾馆旁的小路上山，先是长长一段平缓的石路，比起昨天的登山路经，走起来轻松多了。同伴说泰山有"快活三"，行人登泰山至中天门已近一半的路程，一般游客至此腿脚乏力，突然有一处平坦土路，约三里左右，使人足平，体轻，气舒，因而得名。而这里地势亦有异曲同工之妙，该是"快活道"了。

涧空流水急，风静落花香。密林幽暗沉静，我们轻轻踏足其上，不敢高声语，唯恐吵醒了山林的美梦。林中时有道道溪流潺潺，滋润着山嶙峋的肋骨。绕过明代进士张举中所题的"擎天"摩崖石刻后，山路开始崎岖不平。由于峡谷水流冲刷，乱石集积到一起，形成了坑坑洼洼的乱石山坳。昔日从青云村进山，此乃必经之道。相传此乃仙人蓝采和召乱石铺筑，行人过此须以跳代步，犹如林间画眉鸟，跳跃前进，因而称为"画眉跳架"，煞费体力。更有陡峭的地方，刀削似的石壁像一堵墙，横亘面前，山穷水尽疑无路，幸有架设的手扶铁梯，斜靠石壁上，达七处之多。需身贴危岩，手脚并用，战战兢兢，面壁延梯而上。据说爬云梯最佳时间是在有月亮的晚上，想一轮明月悬挂峡谷之中，游客拾级而上，犹如上天揽月，平添游趣，故名"云梯取月"，是灵通十八景中最负盛名的。

莫道君行早，更有早行人。一路行来前方不时有零星游客的身影，招引着我们继续向前，向前。一路或登或爬或钻，海拔1287米的擎天峰顶终于赫然在望。

## 惊艳芦苇坡

攀上擎天峰顶，我们旋即被眼前的景色震撼住了，登山的疲惫一扫而空。想像一下这样一幅画面：碧蓝的苍穹，清澈得没有一丝云彩，灿烂的秋日阳光，照着山顶平缓的斜坡，满山遍野静静生长的是大片大片黄色的芦苇坡，茂密的芦苇像无边的绸带，向着远处缓缓铺开，没有一棵杂树。流苏似的芦花高高地顶着鸿松的白丝，在风中摇曳、起伏、飘飞，卷起一浪一浪的波涛。光绿的尖叶如剑锋芒，阳光洒在上面，如细雾般朦胧梦幻，光的影子在草丛树枝的阴影中跳跃，这里该是闽南最美的芦苇坡了。于是我们疯狂地按动快门，怎么拍都美！此行虽然没有看到云海，却看到了芦苇最迷人的一季，也算是失之桑榆收之东隅。

法国哲学家帕卡尔说："思想形成人的伟大。人只不过是一根芦苇，则自然界最脆弱的东西，但它是一根能思想的芦苇。"如果我们做不成参天大树，不妨就选择做一株柔韧的芦苇吧。瘦瘦的筋骨貌似屠弱，却充满蓬松的张力和无穷韧性，面对风雨，坚强地生长，自守荣枯，闲来还可筛风弄月，也是一种幸福！

下山时，有游客热心问："狮子峰去了没有，那儿的风景更美！"可惜大伙儿体力有限，那些未踏足的美景，似悬念像迷题，只有留待下次揭晓。

## 亲历彭州

2008年9月出差彭州。去的路上我一直在想，4个月后的震后灾区究竟如何，那里的人们吃住行一切都还好吗？到了成都机场，气都没歇一口，我们一行马不停蹄地赶往彭州。

当天下榻的是彭州宾馆，街道很安静，一切如常，嗅不出一丝地震的余味，让人心情稍安。在街上巧遇三个交警，袖臂上都套着一个红色的"漳州交警"。交谈之下，才知道是漳州过来支援彭州的交警，他们的言语中充满了对灾区的关心与祝福。

当晚在当地劳动部门的安排下，我们一行参观了厦门援建队的住所。在确定厦门援建龙门山、白鹿、天彭、致和四镇之后，厦门市委市政府立即组建了包括规划、房屋勘探、卫生防疫、公安特警等部门组成援建领导机构，将在此展开为其三年的援建工作。活动板房蓝白相间，整齐排列着，每套板房仅摆放床和桌椅，还有一间小小的卫生间，简单而整洁。援建的同志幽默地说因事务多，他们天天"夜总会"，即每天晚上总是开会的意思，向辛苦援建的同志们致敬！活动班房不远处的露天空地，一群当地的村民正随着欢快的音乐跳起交谊舞，乐天的灾区人民！

作为厦门的企业，我们此行的目的主要是招聘，为当地创造就业机会。次日我们来到龙门山镇，沿途看到道路两旁无数倒塌的楼房、垮塌的山壁，我不禁红了眼眶。司机介绍说龙门山镇受灾最严重，震前青山绿水，风光无限，因此发展了800多家农家乐，户均资产在50万以上，可惜都毁于一旦。招聘现场来了不少人，令我吃惊的是个个声音洪亮，脸上挂着笑容，积极地询问着招聘条件、细节，我们也不遗余力地介绍，希望能为灾区的建设多出一点力！招聘期间还发生了一起小余震，随行的同事们面无人色，村民们则若无其事地安慰起我们，勇敢的灾区人民！

  招聘结束后，我们来到镇里的银厂沟，该景点系国家级风景名胜区，海拔高度2000米，夏季最高气温不超过24℃，是绝佳的避暑胜地。地震将两座山撞在了一起，原来的山谷被填成高山，栈道、度假山庄均被彻底掩埋，山体泥石流严重，昔日风景不再。

  时间有限，我们匆匆告别了龙门山镇，告别了彭州。离别的心情很沉重，但又充满了希翼。因为我沿途看到了废墟掩盖不住的黑色土壤，这片富饶土地让人燃起信心；看到年迈的老人家俯着苍白的头颅，在屋后的空地上辛勤劳作，开展生产自救；更接触到乐观向上的彭州人民，象征着一代代永不被苦难压垮的中国脊梁……写到这里，耳边又传来喜讯：龙门山镇将以银厂沟为核心，按生态旅游名镇重建，并于5月12日全面动工。愿逝者安息，愿生者坚强！祝福灾区的明天更加美好！

# 800年龙眼营

如果你决定要出发，那么，旅行中最困难的部分已经结束。

雨断断续续下了半个多月，粘稠的空气像一床湿重的被子让人喘不过气来，周末在家闷到中午再也憋不住了，出门去，哪里都行！一个下午的时间，漳州是不错的选择。这不，一小时不到，我们已到了漳州的龙眼营。

最初关注龙眼营，仅仅是出于对这个地名的好奇。据说此地古称龙骇瀛，后大概是因为盛产龙眼，所以改叫龙眼营比较顺口。这条八百年老街，在明朝及明朝以前是漳州很重要的街道之一。一下车，映入眼帘的是"德配天地"牌坊，古朴、厚重，过牌坊，右手边就是孔庙了。孔庙不大，四处打扫得干净清雅。入门是一尊行做辑礼的孔子雕像，雕刻得栩栩如生。有朗朗歌声唱传来，过去一看，在旁边的回廊下，二三十人坐成两三排，正认真唱着不知名的歌曲，旋律优美而悠扬，颇有几分古代私塾遗风。

出了孔庙，不远处又是一道刻着"道冠古今"的牌坊。过牌坊，我们在老街狭窄的石板小路上漫步，路不是很平，偶有青青小草从石缝探出头来。两侧骑楼多是木头搭建，因年代久远，风雨剥蚀，木头已发白，地上的石头也被岁月磨砺得发灰了。不知何时天空又飘洒着小雨，雨中的龙眼营更添几分古韵，庭院深深深几许，恍惚中，我觉得自己像是在一卷黑白的画卷中行走。据说这里的骑楼以前多为香烛店、香厂、鞭炮店、打铁铺，现在卖着则是些手工制作的生活用品如手抓篱、竹畚斗，我买了两个手工做的草编蒲扇，一个才5元，扇出的风比起纸扇大多了，还带着草的清香。

不远处传来熟悉的歌声，是芗剧！记得小时候，最开心的事就是看芗剧了。寻声而去，粗壮的榕树下一座古庙，这就是通元庙，通元庙始建于明代，太平天国侍王李世贤曾在此设指挥部。庙门前不大的水泥埕上，一群中老年人围在一起弹唱芗剧曲目，自娱自乐。据说这里曾经朝夕可闻的是千年弦歌（锦歌）。可惜锦歌社慢慢没落最后解散，取而代之的是由锦歌衍生出来的芗剧。

漫步古街，轻轻的走在石板路上，不敢扰了老街清净的梦。眼前这情景让人想起郑愁予的诗"东风不来，三月的柳絮不飞／你的心如小小的寂寞的城／恰若青石的街道向晚……我达达的马蹄是美丽的错误"。此时2岁多的女儿正仰头入神地看着古民居，屋檐一层一层的飞翘入天，是典型的闽南民居，她忽然说："妈妈，这就是再上一层楼啦！"看来古街让幼稚小儿也滋生了诗情。

八百年龙眼营，古街遗韵犹在，是闹市里的一方净土，有空可来走走，心自然就清净了。

## 巴东海滩的落日

　　七月的普吉岛，虽说正值雨季，但我们到的那几天，都是多云天气，偶尔一阵雷阵雨，也是来去匆匆，对出行影响不大，凉爽的海岛气候让人很是舒服。此次出游系跟团行，连着两天早早出海，连轴转的玩了大小 PP 岛、割喉岛、攀牙湾等，普吉岛的海水深处像块厚重的翡翠，浅处则像浅绿通透的水晶玻璃，坐在船头御风前行，非常惬意，泰国的魅力果然非同一般。

　　那天下午，早早收了团，念着巴东海滩的那一片海，我和先生对照着手机里的谷歌地图，从酒店出发，一步步的往巴东海滩前进。巴东海滩据说是普吉岛的灵魂，长约四公里，海岸线曲折漫长，深深凹进的海湾风平浪静，是全岛最著名的现代化海滨度假圣地。

　　巴东的街道车辆不少，川流不息，当地居民出行不是开车就是骑摩托车，一路上偶尔碰到两三个步行的人，也是金发碧眼的外国人。路边有房地产中介，进去一看不觉咂舌，巴东的房子不便宜呀，1 平方米折合人民币也得 3、4 万元。我们此次住在山上的 CALA VERL 酒店，从酒店走下来大概走了近 20 分钟，眼前就出现一大片海，巴东海滩到了。

　　对从小就出生在厦门的我来说，海不稀奇，可我还是惊叹出声。辽阔的海一览无余地跃入眼帘，一眼望不到边，海滩呈月牙型，因为平，更显其大。两侧是山，像一双手臂环抱着这一摊绿水，在沙滩玩耍的多是泰国本地人和欧美人。路边摆着几档马杀鸡，有几个背部刺青的外国人正躺着享受正宗的泰式按摩，不贵，按足1小时人民币也就4、50元。据说巴东海滩还是泰国物价比较昂贵的地区，可见泰国物价比起中国人来说，还是可以接受的。

　　走到海岸线的尽头，是一排的大排档，我们挑了人多的一家，点了几个家常菜，烤鱿鱼、空心菜、咖喱螃蟹、炒青口、海鲜汤，味道出乎意外的美味。坐在沙滩上的餐桌，脚底就是软软的沙子，我索性把鞋也拖了，赤脚吃着泰式海鲜，看那一轮落日慢慢沉入大海，看那红霞慢慢变红，所有绚丽的色彩在广袤的天空上肆意铺陈，在看那清透的海水一波波地涌过来再退回去。天色尚未暗，海边还有人在玩滑翔伞、快艇。隔壁的酒吧已坐着一些客人，欧美人居多，在驻唱女郎的曼声清唱里，他们或对对耳鬓厮磨，或三两好友喝着啤酒轻声谈笑着，回想这两天跟团连轴转，纵使景美，总有几分累人，我不由感叹，身心放松，这才是真正的度假！忽然不远处的天空烟花绽放，惊喜还没结束，隔壁桌的也放起烟花来，顷刻间，灿烂的烟花就真切地在我的头顶上绽放、开出一蓬蓬各色花，而后凝成金雨，纷纷跌下，那么远在天边，却近得淋了个透，美到让人震撼。

　　饭后往回走，无意中走进了巴东最繁华的街道，两旁是一家挨一家的按摩店，门口一溜的按摩女郎，着各自店里的统一服装，皮肤虽黑了些，但个个面容姣好体态妖娆。巴东的夜，才刚刚开始。

## 沙岸边的海岸线

从北京坐上 2589 次普快火车，近 5 个小时后，我们终于抵达秦皇岛昌黎县。昌黎车站狭小简陋，下午的太阳还很毒辣，毫无遮挡地照射下来，更觉疲惫。早有几个师傅围了过来，殷勤地询问，选了一个慈眉顺眼的大叔，迫不及待地跳上了车，前往翡翠岛。

车子在宽敞通直的马路上疾驰，逐渐远离市区，凉爽的风灌入车内，心旷神怡，暑气全消。当空气中的海腥味越来越重时，翡翠岛近在眼前。这里的海岸线和厦门相比，并无出奇之处，同伴正嘀咕着，此时震撼的一幕出现了！海边一道道连绵起伏的高大沙丘，蜿蜒成一条"金龙"，陡缓交错、起伏有序、东西绵延百里，令人赏心悦目。这就是著名的黄金海岸线，国内独有、世界罕见的海洋大漠风光，果然无愧于"中国最美的八大海岸线之一"的美名，和厦门舒缓平静的海滩比起来，别具特色。

急急下了车，开车的师傅笑着说，别急别急，保存点体力，在沙丘爬两步要退一步，爬到顶峰得有半个小时呢。我们来到沙漠底部，近看沙漠更为广袤浩瀚，最高处约有 40、50 米，低处也有 20、30 米，衬得沙丘顶部的几个人成了小小的剪影。沙子特细腻，据说沙丘是海边的沙子被风吹起，经年堆积而成，我们忍不住脱了鞋，赤脚踩上去脚感果然非常好。

向上，向上，沙丘平滑的表面上，风吹形成了一层层半月形的水波纹，踩下去就留下一个深深的脚印，叫人不忍践踏。已是黄昏，游客很少，落日将沙漠染成橙红色，到了顶部纵目四望。前方广阔的草地上，屹立着由近8万亩防风固沙林木组成的林带，黄绿交织。回头看，蔚蓝的大海已笼罩上一丝暮色下，愈发扑朔迷离。夕阳西下，晚风猎猎吹着，吹得人头发飘舞衣袖翻飞，颇有几分戈壁滩和黄海故道才能领略的大漠风光。呵，"大漠孤烟直，长河落日圆"，霎那间，雄壮、沧桑、苍凉……各种情绪潮水般涌来，我被埋没在其中不知所措。远处的笑声惊醒了我，原来有两名游客在滑沙，只见他们一人坐在滑板上，两手撑板壁，双脚蹬住前沿，身体微向前倾，另一个人在后面一推，滑板顺着沙丘往下滑，转眼之间就冲到了山下，才让我抽离了怀古之幽思。

　　暮色四合，沙滩上，一排排帐篷已经撑起来了，黄金海岸线是宿营的绝佳所在，沙地干燥，水源充足。游客先下海游泳，冲个凉后到就近的海鲜店大啖美食，晚上，夜气上来了，欣赏海上升明月的美景，在漫天的星光下酣然入眠。次日一早，爬上沙丘顶部看海上日出，真惬意！可惜我们时间有限，于是抖落满身的尘沙，匆匆离开。短短几个小时，虽然来回路途奔波辛苦，但确实不枉此行。

## 在永春雪山避暑

一直有利用周末走遍福建所有县城的想法，县城的变化最能体现中国城市化的进程。永春曾是个府级的治所，应有一些古建筑，海拔也高，正是夏季出游避暑的最佳选择，于是此次周末出游目的地锁定了永春风雅颂山庄。

周六早上 8：30 出发，出了蓬壶的高速口，一路都有路标，路好走，也很好找。路上在达埔服务区买了光饼，现做现烤，味道不错。到了山庄已经是 11 点多了，在风雅颂山庄用餐不仅要先预定，还得看山庄现有啥菜，我们点了山庄自己种的佛手瓜、黄花菜等，好吃不贵，就是油了些。午饭后到东溪大峡谷。这个峡谷景色略显一般，其中有两块石头组成的一个龟王有点意思。最后的瀑布有几十米高，水质清，但太细，遗憾的是峡谷的溪流有很多衣服类的生活垃圾挂在溪石和过溪的石桩上，实在煞风景。整个峡谷走完也就不到一小时。

回到房间，天色尚早。开车到了山顶上的亭子，这是个很好的观景平台。观的景是山区的田园风光，山色很美，有点阿尔卑斯山区田园的味道，就差在背景的山顶没有积雪，山里的小屋缺少欧洲教堂的尖顶，建筑轮廓比较缺乏起伏而已。比起以前，山区的农舍已经不是以前的土墙黑瓦，虽然没有传统的味道，但肯定更舒适和干净。我现在反而喜欢起这样，农村只要干净，就很美，且空气清新，要打造"美丽中国"最基本的基础就在这里。

　　观景亭的海拔1260米，离雪山山顶只差几十米。离开亭子继续往前开，就到了雪山岩寺。该寺建于唐代，已有一千多年的历史，值得一提的是寺里的壁画，画的是佛家传说，很有特色。正流连时，寺里一个卖香火的人家小孩生病了，急着就医下山不便，于是我们专程送他们到乡里的医院，寺庙离镇上（呈祥乡）只有3公里，开车只要5分钟，很方便。呈祥乡实在小，一条街就百米左右。街边的店面也不多，很多还是人家。我们顺便在街上订了土鸡汤，店家整整熬煮了一个小时，漂着金灿灿的一层黄油，好久没喝到这么正宗的土鸡汤了。

　　入夜，不少客人在山庄烧烤，隐隐的话语声传来，我们则挑了一处黑暗地，争着看天上满天的星斗，星星密密麻麻多得跟米一样，还有隐约可见的银河，此时此景，美得不像在人间。往山下看，点点的村落灯火，不远处的平台上，有十来顶帐篷，是哪里的驴友在此宿营。雪山的夜晚，别有另一番风情。

　　当晚睡觉开着窗户，盖着厚被半夜醒来仍有寒意。次日清晨，窗外透进黎明的天光，飘来山庄住客、工作人员的说话声，在半睡眠的听觉中，过滤了尘质，变得飘渺而清晰。一看时间，才5点，从窗户往外看，层层山峦弥散着云雾，朝阳一层层染红，右边的山峰如同被火炬点燃，亮了起来，然后更亮，更大片。天亮了，晴朗的天，但温度依旧不高，真正感受到了夏日避暑山庄的清凉。我们走了山庄边的木栈道，栈道在树林里，墨绿笔直的树林上是蓝蓝的天，阳光充足，一路密林遮蔽，沿途有清澈溪水潺潺而流，颇有高原林区的感觉。

　　午饭后返程回厦门，一下车，炎热的蒸汽差点把人呛了个趔趄，烤了一天的毒太阳继续疲倦而呓语般地散发着热气，真想马上再回到清凉的永春雪山啊！

# 小镇生活

因工作调动，来到小镇生活，远离了喧哗红尘，生活徒然简单了起来。

小镇地处闹市偏远一隅，海岸线迤逦漫长。宿舍就在海边的一栋楼中楼内，我住的那间卧室，三个窗户，两扇门，一个阳台均面朝大海，空间十分通透。日日清晨，室内的光线从牡蛎黑、珍珠灰渐次变幻成蛋壳白，朝阳随之疏疏穿入窗棂，软软地抚上脸，带着几分暖意。睡意朦胧中，窗外的鸡啼声、狗吠声、鸟鸣声、鹅叫声等交错响起，是天然之声籁，抑扬顿挫，如珠雨落下，荡漾于耳际，再覆满全身。同屋的同事，早早起床到海边跑步，我素来喜赖床，也被运动的氛围感染，比平常起早了半个小时，加入晨练的队伍，在楼下篮球场上打羽毛球。小镇空气真是好啊，清新而甜润，让人禁不住一次次地深深深呼吸。房东家两只雪白的京巴狗，则像两团雪球，欢快地在身边跑来跑去，小狗也在晨练呢！

上下班，走的也是长长海岸线，日色如金，贝壳青，麝香黄，丝绸紫，石榴红……各种颜色在海平面上的广袤苍穹中变幻无穷，更兼霞映桥红，烟笼柳暗，我每每都要驻足，屏息于大自然奇异瑰丽的美了。

时节恰逢冬季，不到6点，暮色四合，远远的三两户人家已掌了灯，再晚些，就该熄灯入眠了。依窗而望，偶尔会有门前是天涯，何处是我家的怅然，但见隔海渔火明灭万点，梳织于长堤蓼渚间，风景如此美丽，还有什么无法释怀？日本作家吉本芭娜娜说过，"生命是一个疗伤的过程。"在小镇，一切似乎都无欲无求，初来的冷清和不适已悄然远离，心情日渐变得幽静闲远。此时同事催促着赶紧下楼吃饭啦，今晚有加餐呀！是刚刚下班途中遇见渔家女讨小海回来，背篓里装了些小鱼小虾小蟹，还有海瓜子小螺丝，十块钱一大袋，新鲜又便宜，提进单位厨房，交代厨师利索清洗了，下酱油水旺火烹制，出锅前再撒把姜丝、葱白和红辣椒，味道鲜极，海边的风光仿佛移到了饭桌上。

  饭后早早洗了澡，洗了衣服，和同事相约去了工作单位。入夜的海隐没在漆黑的墨色中，清泠寂静，只有脚步声和嬉闹声在暮霭中回荡，旋即悄无声息被吸摄入空气，消失在身后，还有隐隐海潮声，远远远远地回响，一浪一浪，不知疲倦。头顶上，则是满天的星星无声闪烁。朱天文在《世纪末的华丽》里写，女主人公清晨刚逃离都市，不到黄昏就"等回程车，已等不及要回去那个声色犬马的家城。离城独处，她会失根而萎。"当她回到繁华城市里，才感觉"如鱼得水又活回来了，这才是她的乡土，她生活之中，习其礼俗，游其艺技，润其风华，成其大器。"我却偏喜这样简清的生活。此刻夜长人静，窗外好大的月色，露水渐起，四周人声也寂了下去，人世是这样的安定悠闲，冬日海滩旁的小镇生活，自有一种禅般的远意，让人低徊不已。

## 水草是湖泊的睫毛

早听说翔安区香山—吕塘被列为省级旅游风景区，一直未能成行。那天下午心血来潮，便与友人驱车前往。先去吕塘匆匆看了传说中的那片古松林，林里约有百余株松树，全都朝同一个方向生长，虬结的枝条苍劲有力，形态不一。原来此村均为外地移民，当年植树时，让树木都朝向自己家乡的方向，寄托着永远的乡愁，永远的永无乡，最古老的松树已有近600年的历史呢！

因时间较赶，小停片刻，我们出村口右拐，向香山旅游区行进。此山原名"荒山"，后朱熹来此游玩，发现此地草木皆香，并不荒凉，遂改为"香山"（在闽南语中，"荒"与"香"发音相似）。

进了旅游区，空气未裹上城市的灰尘，吸入肺腑分外清明。半路上看到道路两旁类似茑萝的植物，高过人顶，叶片似凤凰木，密密麻麻的白花儿开疯了般，坠满细细的枝桠。雀跃着下了车，拐进花径，又惊喜地看到花丛后藏着一汪小湖泊，四处无人，水很干净，湖里天光云影共徘徊，水中央有幽幽水草，株株俏然挺立。梭罗在《瓦尔登湖》中说："一个湖是风景中最美，最有表情的姿容。它是大地的眼睛，望着它的人可以测出他自己天性的深浅……"那么水草该是湖泊的睫毛了呀！可惜天性愚钝如我，不敢当临水照花人，只在湖边的花丛下一味逡巡。

　　花很多，绕湖而生，凑近闻，果然无味无香。朋友说花形成绒球状像蒲公英，我却觉得这种没有香味的花似静物。想像这些开满了阴柔敏感的白色花儿，到了晚上，白月光无声铺陈其上，满径弥漫的将是，无法述说不可名状的忧伤。

　　到了香山，周围树木葱郁，一抓一把绿。爬上半山坡的亭子，发现此处地势高，且四周开阔，确是观天象的极佳位置，自然而然仰头望，随即被天空魅惑的美给震撼住了！好似被打翻了颜料罐，无数浓烈美艳的色彩在天空肆意挥霍变幻无穷，不由联想到朱天文《世纪末的华丽》，文里写男女主人公"不讲话的时刻，便做为印象派画家一样，观察城市天际线日落造成的幻化……他们亦耽美于每一刻钟光阴移动在他们四周引起的微细妙变。虾红，鲑红，亚麻黄，耆草黄，天空由粉红变成黛绿，落幕前突然放一把大火从地平线烧起，轰轰焚城。"漫天彩霞合力演奏出一曲英雄纵横沙场慷慨激昂的高歌。更妙的是此刻身后却是截然不同的另一番景色：一轮明月镶嵌半空，衬以粉蓝的天幕，白色丝棉般的薄云，愈显得月白风清，游廊曲径美人轻行，似清雅的宋人小令。

　　可惜亭下散布的坟墓让人心头隐生不适，不觉已暮色四合，冷月无声，四周有一种淹没人的沉重，恰逢农历七月，更兼山风阵阵，于是不敢多呆，急急下山。香山其他景点如千年不竭的山泉、狮球石、仙人洞等，似未揭晓的谜题，只能留待下次再作游览。

# 春寻杜鹃

整个春天，似乎都在不停寻觅杜鹃的芳踪。

对于赏花而言，恰当的时机非常重要。记得清明那天，去了同安小坪公园，满山含苞的杜鹃尚未开好，只看到小小的花骨朵，不免有些遗憾。不知同安云顶山的杜鹃开得怎样了，那可是赏杜鹃的绝佳胜地。于是清明过后的周末，一早六点，我们从厦门出发，直奔云顶山。

当日我们是第一批拜访的游客，整座山空无一人，风景唯我独赏。时有阵雨和轻雾，山被一层轻纱所笼罩，起伏多变的沟壑，远近分明的山峰在薄雾中显现，是春困还未完全苏醒的美人儿。可惜那天我们去的时机偏又晚了些，杜鹃已带残样，我们冒着细雨，在弯弯山路几经寻觅，越走越惋惜，无奈之下，我们徒步前往沙溪水库，原本想看看那里的红草长出来了没，没想到惊喜的一幕出现了。沿途大片大片的杜鹃开得正艳，大簇大簇扑面而来，几乎看不到一朵凋谢，让你惊艳得喘不过气来，达到了此行的最高潮！繁花似锦的花径延绵不绝，小径幽深不知伸往何处去，花瓣沾着雨露，正是二八青春好年华，太美了，沙溪杜鹃，这才是真正的"映山红"！此地还间杂生长一种紫色杜鹃，花瓣菲薄，每株仅错落开了几朵，紫得柔弱而洁净，有出尘的清逸。不象城市里绿化带中那种紫红杜鹃，开得愣头愣脑，尾气和尘土劈头盖脸地落在上头，白白玷污了一把好颜色。

一周后的周末，因着怀念那片灿若云霞的映山红，于是带上简单的背包，再上沙溪。才隔了短短几天，杜鹃居然已经谢了不少，满地飘零的残红让人发出"花开堪折直须折，莫待无花空折枝"的喟叹。厦门的杜鹃已然过了观赏时节，那周边地区的呢？从网上得知龙岩红尖山的杜鹃将在四月底盛开，于是"五一"这天，经过一路山路盘旋，我们来到海拔1412米高的红尖山顶，站在气象雷达站前纵览四周，崇山峻岭在云海里若隐若现，脚下四处杜鹃花儿开得正好，可惜花丛数量尚不如沙溪之众。失落之余，我们前往漳平市永福镇，那可是著名的"杜鹃之乡"呀，可惜那里的杜鹃都是人工培育，挤挤搡搡躲在白色塑料下的大棚里，美感全无。幸好沿途首次看到一种白色的杜鹃，枝桠高大，类似乔木，花形若茶花般硕大，摊手摊脚立在山坡上，像山野少女，别有一种天真爽朗的美，也算是此行的意外收获。

"试问闲愁都几许？一川烟草，满城风絮，梅子黄时雨"。以往总觉得梅雨时节的厦门，是湿漉漉的亭子里，穿着旧式长衫的老文人，缓缓地挥毫，眼睛都望酸了，慢性子的他还没画完，画面上早已一派水气氤氲，烟云缭绕。阳台上的衣服总也干不了，于是多猫在家里睡觉、上网，白白虚掷了赏花的好时光。如果你也留心过三春花事，看那些花朵如何在枝头羞涩地含苞，骄傲地绽放，无奈地凋谢，徒然执拗的美丽，也许你也会急急奔往四处追寻它们的踪影，用眼睛，用镜头捕捉它们易逝的美。在阳春三月，能够有闲适心情、有充沛体力踏春而行，然后看到满眼春色的人，是有福的。

辑三 行涉

# 山重寻芳

一月底的某个周末，我早早起了床，按计划今天和老友去长泰赏梅，顺便折几只回来插在窗台的花瓶里，迎接春节的到来，想象"疏影横斜水清浅，暗香浮动月黄昏"的意境该有多美！是日微雨，清泠的空气让人精神一振。我笑着说，今日之行可冠之于"踏雨寻梅"啦！

每次周末出游，心情总是分外雀跃，出厦门，过角美，入长泰境内，一路轻车熟路。到小陂收费站后，从马洋溪风景区右拐进山路，不一会看到一个堤坝，绿树环绕，水面似一块温润的碧玉，水满而溢，泻下堤坝外一级级台阶，溅起飞雪碎玉般的水花。到了山重村，道路两旁渐现株株果树，枝干似桃，叶绿而茂，花为白色，如雪如幻，老友介绍说这是李花。慢慢的，李花越来越多，已成花海，让人目不暇接，下车近看，花小而繁，有点像茉莉。据说李花宜当在夜间观赏，有"花光月夜两徘徊"之美，我们在花丛中逡巡片刻，继续前行，进入后坊村地界。道路左下方忽现一片林子，干瘦的枝桠向上舒展开来，隐约有花朵绽放其上。莫非真是梅花？兴奋中带着几分疑惑，我们下了车，往山坡下走去，走近一看，原来是桃花。花不多，零落两三枝，豆蔻枝头二月初的样子，俏生生地立在枝头，犹带几滴雨珠，隐约还能听到花苞迸开的颤音。坡下巧遇桃花林主人，我们称赞花林的美，他豪气地远远比划着：这里、那里准备再种满桃树，以后就更美啦！还说春节这些花儿该都开好了，到时你们再来赏花。

于是大年初五，我们二上长泰。一路我想像那片梦中的桃花林，该已开得如火如荼了吧？山野四处阳气暗涌，到了后坊，还是那片熟悉的山坡上，一片灿若云霞的桃花坞跃入眼帘，好美！我们不禁惊呼出声，花儿开满枝头，璀璨似锦，迷乱人眼，难怪胡兰成说："桃花难画，因要画得它静"，因为它如此大鸣大放，烂漫到难收难管，简直开疯了，真正称得上"桃之夭夭，灼灼其华"。可惜藏在山里，盛大的美少有人识，让人有点遗憾。

想起唐代那位姓崔的才子的诗："人面不知何处去，桃花依旧笑春风。"一样的蕤霞二月，少年意气风发进京赴考，无意中瞥见木门后那女子低头微微浅笑，偶然的相遇辗转缠绵成刻骨的思念。来年桃花依旧，芳踪已杳，面对一树绚烂翻飞的桃花，心中难言的惆怅和哀伤该是更行更远还生。现代如我们，各种通讯手段发达，无须再忍受古人音讯杳然的分离之苦，想来真是一种幸福！

地上有农民修剪下的桃花枝桠，一大枝一大枝的，还带着花和绿叶，应是剪下不久，我们如获至宝地扛了回家，好大啊，电梯几乎放不下。到家插进大花瓶，立在客厅墙角，映着白墙，更显娇艳，春的气息仿佛被我们带了回来。虽然两次都没看到梅花，可漫山遍野的桃花、李花已足以让我们欢呼雀跃。

# 潜入海底过春节

每年春节，我都要约上一帮好友登山，在"会当凌绝顶，一览众山小"的景色里迎来新年。可年年如此难免缺乏新意，所以今年我已经早早计划好要过个特别的春节。

一月的三亚阳光依旧炙热，海滩上到处都是些身穿花花绿绿短衣短袖的人，宛然一派夏威夷风光。我来三亚已有六天，椰风海韵，悠闲的生活使人乐不思蜀。潜水是压轴节目，当然要安排在最特别的日子喽。大年初二这天中午，我和同伴来到亚龙湾蜈支洲岛的潜水区，一位黝黑的帅小伙迎了上来，热情地介绍起潜水常识。我们换上蓝紫相间的潜水服，互相打量对方，不禁相视而笑。带着些许忐忑不安的心情，坐上快艇，一眨眼工夫，已经到达浮潜区，这里有台阶通往海里。在教练的帮助下，我穿上类似雨鞋的潜水鞋，腰间系上沉重的铅块，顿觉举步维艰。一步步挪到台阶边，慢慢下了水，再套上氧气瓶、救生衣，教练经验丰富，他一边扶着我在水面上仰头漂浮，一边闲谈着，我紧张的心情慢慢松弛下来。戴上面罩，含住氧气瓶呼吸管子的塑料口，学习用嘴巴呼吸。几分钟后，教练示意我把头低下，两人一起缓缓没入水中。

海水能见度极高，一幅美丽的海底世界在我面前缓缓展开，清晰无比，触手可及。只见黄绿色的海草随着海水波波荡漾，摇曳生姿。不知名的热带鱼在身边穿梭，似乎对穿着奇形怪状的我们已司空见惯，海参、珊瑚礁、贝壳等散布在礁石上。周围一片寂静，只听到呼吸管里的"嘶嘶"响，我在海水里自由漂浮，俗虑尘怀，爽然顿释。好美啊，我忍不住伸出手触摸海葵，忽觉耳膜一阵剧痛，是水下压力大的缘故，便赶紧按照教练事先的嘱咐，用手捏住面罩下的鼻子用力吸气，只听到"波"一声，感觉舒服多了。很好！我对教练做起"OK"的手势，并往海底指了指，教练会意地拉着我向下、继续向下潜水。脚底终于触及礁石了，漫步其中，移步换景，目不暇接，每一副画面都美不胜收。不知不觉，氧气瓶里的氧气已使用殆尽，我俯身拾起了两枚贝壳想带回家作纪念，可教练摆摆手，把贝壳放回原处。呀，还蛮有环保观念呢。也罢，那么就让我在沙子上用食指写"新年快乐"四个字吧，希望新的一年天天快乐。字迹虽然歪歪扭扭，可是教练都竖起大拇指呢！

辑四
QINGHUAN 清欢

不知道后来那些花一样的女子，那样沁人的花香，一个个被谁嗅了去。如今我们已然在各自的命数里辗转起伏，早已疏于联系，一直陪伴在身边的，唯有对面这三张看了十年的脸，眉眼依旧。只是当年飞扬娇憨的神情收敛了不少，象莲花褪尽所有绒毛，微微垂着头，静静掠过时光的水面。

# 中年扑面而来

总以为，女友的不定期聚会，是给自己的生活提气，所以常常乐此不疲。有一位女友，年纪比我稍大了几岁，温和、宽厚、迷人，懂得的东西非常多，和她交谈如良辰深秋共对一山金色阳光般惬意。欣赏她的人，却不太欣赏她的文章。那时我还喜欢些不沾人间烟火气的东西，觉得她那些带着苍凉感的文字不够精致唯美。只是后来年岁渐长，才开始慢慢体会到她那种貌似平淡的疼痛和疼痛过后蕴涵的平静感。

有些时间没见到她，几次相约，她都说太忙。这次终于见了面，她谈笑风生依旧，只是清减了些。聚会散后，因为同路，我们便共搭一部车。车上，她忽然淡淡地说，前段时间，她疲惫得连哭的力气都没有。啊？没看我惊讶的神情，她自顾自地往下说：父亲忽然住了院，情况颇为严重，丈夫也因经济问题被审查，紧要关头四岁的女儿又发起了高烧。那些日子，日日穿行于医院，她开始触摸到命运的残酷和生命的脆弱，人生没有最坏，只有更坏，十分坏，再坏。可是，她也只有握住拳头，咬紧牙关，苦苦地捱下去，再捱下去。

她侧头望着窗外，窗外是流光溢彩的画面。"那个时候，你才会真正感觉得到，中年扑面而来，人间正道是沧桑"，她忽而展颜一笑,"还好一切都过去了。"她家已经到了,她匆匆道别,下车。霜降已过,那晚的风特别大,吹得人呼吸有点困难。看她在路灯下孤零零赶路的身影,回味她的闲闲几句话,越想越心酸,有无尽的苍凉之感,几乎令人泪落。

年少的世界似乎总是一片山清水秀,渐渐的,沙尘、狂风、生命的枯枝秃树次第出现。或早或晚,命运的大手总会把你那颗柔软的心当成胚土,践踏摔打,有些渐成碎片,无迹可寻,有些则越摔越硬,郎心似铁。这时你才理解为何这世上有心狠的人,有胆怯的人,有崩溃的人……不能怪他们,只能怪命运。木心在《哥伦比亚的倒影》写:以我的谬见,常以为人是一个容器,盛着快乐,盛着悲哀。但人不是容器,人是导管,快乐流过,悲哀流过,导管只是导管。各种快乐悲哀流过流过,一直到死,导管才空了。疯子,就是导管的淤塞和破裂。木心说的大致也是同样的意思吧?

重要的是,当中年扑面而来,生活经历却又发生如此重大变化时,要能像她一样,坚持微笑,豁达面对人生。等下去,忍下去,一直到生命的低潮过去,才笃定,才坦然,才淡淡地从容一笑。最难的,还是能够时时处处显示出无须别人怜悯和同情的良好心态。

## 衣不如故

如今，真到了人不如故的年龄了。新朋友，陆陆续续也结识了一些，公务拜访或私人聚会，一圈下来手里就收了一摞名片，回家后随手不知道塞哪了。身边兜兜转转的还是那几个旧友，十年八年的交情，久久不见面，一见面还是那么亲切，知根知底知脾气。这也罢了，连衣服也觉得旧的好，有时自己也迷惑，以前那些满大街逛个半天，只为找件漂亮衣服的斗志和体力都到哪里去了？随之而流逝的还有那些青葱岁月。现在我上班穿制服，加上家有幼女，日日下班后急急赶回家带小孩，舒服的家居服一换，没时间没精力也没心情更懒得出门买新衣服。其实心里多少是有些落寞的，人世间的热闹欢愉，于我，眼睁睁就又少了一样。

周末去闺蜜家串门，大好的晴天，闺蜜在晒衣服，一溜的牛仔裤，闺蜜如数家珍，这件裤子买几年了，那条裤子是和他买的，全部整理出来，趁着换季天气晴朗好好晒晒，再穿它个三五年，好的牛仔裤永远不会过时。是啊，谁的衣柜里没有一条牛仔裤？牛仔裤有种天生的少年青涩味道，耐磨耐旧耐脏，越经沧桑越有浑朴味道。因此更是要多穿几年"养一养"才好看，行话称"养牛"。刚买回来的牛仔裤，经过自身多次的穿着，与皮肤长期的耳鬓厮磨后，颜色会愈发自然，廓形也会愈发贴身。一条穿了若干年的旧衣服，会越来越产生属于自己的皱褶，产生好的落色对比，最后一条普通的原牛就会变成属于自己的独一无二的牛仔裤。

棉、麻、丝绸、天鹅绒、这些会呼吸的面料，更是要半熟半旧，随意穿脱，才能舒适或贵气。缓缓穿过三年五年，挂在衣柜里，浸淫岁月的芳华，融入自己的身形、姿态和习惯。每件都柔软、熨帖、有肌肤相亲的心安，有人世间或绮丽或温馨或伤感的回忆，衣物和我一起跋涉时光，互相取暖，同乐共悲喜。这时的衣物才终于有了那种恰到好处的美好，以及一点点的混沌苍茫，契合我现阶段的心境。

穿旧衣环保，另一个好处是时常提醒自己身材的走形。人到中年，赘肉经常不请自来，悄悄在身上潜伏、安营扎寨，如果不时的买新衣服，往往浑然不觉赘肉安家。为了适应旧衣服的尺码，人也在无形中保持一种状态，才能把旧衣穿得全然合体，水乳交融。

不过，有些人穿上新衣服特别好看：婴幼儿、青少年、新毕业的青春学生、新婚夫妇。晶莹的双眸，一身簇新的衣物，还有同样崭新令人憧憬的未来，无限美好。人生从此开始，前程从此锦绣，衣衫一同见证，真是闪闪动人。

# 软香满怀

一月逛街，看到中山路商场玻璃橱窗布置精致，冬日雪景衬托下、模特的纤细身体"躲"在一件松松垮垮的重磅毛衣里，毛衣是灰白两色串色螺旋线法织就，搭配深灰色 A 字格子短裙，粗粗的毛线，粗粗的针法，暖暖的感觉，那种随意、轻松的感觉就不自觉地流露了出来。夕阳余辉里，我的头脑一下子联想到"软香满怀"这个词。

在所有的衣服中，毛衣是最有亲切感的衣服。哪个女子的衣橱里不摆放着几件心爱的毛衣？薄的、厚的、修身的、宽大的、开式的、套头的，或外穿搭配牛仔裤，宛若回到了无忧的学生时代；或躲在大衣里露出似隐若现的领口，寒风习习的街头亦可昂首挺胸大步流星。

法国电影《蓝》里面，朱丽叶·比诺什的丈夫是名作曲家，她在丈夫死后笼罩在他伟大的阴影下，连和暗恋她的人在一起都使她有罪恶感；后来她发现丈夫还有情人，情人怀着孩子，她丈夫的。这一切都干扰她的生活，永无休止——她想摆脱过去生活的愿望落空。所以美丽优雅的朱丽叶只好穿着忧郁的海蓝色毛衣穿行在黑暗的空间里，继续悬空的活着。蓝毛衣在电影里是一个苍凉而固执的影象。而我，喜欢于冬日有阳光的周末，在自家阳台上洗洗衣服浇浇花，不一会儿身上穿的毛衣被太阳照得暖洋洋的，散发着淡淡的羊绒味道，太阳的味道。毛衣对我而言是一种暖的、贴切的，家常的幸福。

　　心理测试里煞有其事地说，喜爱毛衣的人是重感情、向往浪漫并且喜欢拥抱的人。所以那个喜欢哼哼喝喝的周杰伦在《黑色毛衣》里唱到："一件黑色毛衣／两个人的回忆，还能不能重新编织／脑海中起毛球的记忆"，是呀，毛衣是爱的代言词。是幼时从简陋的书桌抬起头来，看见妈妈在灯下一针一线埋头编织的温馨；是情窦初开的少女倚在穿着绒线衫的爱人臂弯里，把头埋在他胸口的安心；是已为人母，肩上有了沉甸甸的责任感，逛遍大街小巷为宝宝购买儿童毛衣的从容。如今毛衣的材料更为多样，工艺更先进，手感更轻，质感更薄，再饰以各种炫目的珠片、鲜艳的流苏、奢华的毛领、性感的镂空，让人目不暇接。已经很少有人愿意耐心地再用四根棒针织一件毛衫了，但是，无论款式如何变化，只要一穿上毛衣，那份独有的温暖和亲切就会在刹那间包围过来，真真切切的，从未远离我们冬日的期盼……

　　学生时代那件最喜欢的淡蓝色毛衣早已缩水变形，当时舍不得扔掉，随手套在床头的小熊维尼上。维尼熊原本穿着件红色背心，一对晶莹无辜的蓝眼睛，憨态可掬，不知怎的换上蓝色毛衣后，神情随之变得落寞起来。它，也在渴望一个温暖的怀抱吗？

## 熟女的条件

中学的女伴们聚会聊天，话题自然海阔天空。小淇至今云英未嫁，难免成为大伙关心的对象。以往她总是叹息好男人都成别人的丈夫了，可是这会儿她却漫不经心地说，最近想通啦，节前刚订了套房子，小二居室，积蓄全部搭进去不算，还向老爸老妈伸了手，接下来得过上"按住了揭层皮"的生活。一付言似有憾心则喜之的模样。这段话并没有引起旁人的过多谈论，女伴们惊叹了一下，话题已经转到玲子三个月的宝宝去了。我本是人群中最活跃的一个，不知怎么忽然就沉默了。

我在思考：小淇以前可是出了名的"月光女神"，住在父母亲家，老是没心没肺长不大的样子，如今怎么也幡然醒悟迈入购房的队伍中去了？看看身边的诸位女友，面容青春依旧，只有大笑的时候依稀可以看见岁月划过的痕迹，心下不禁恍然。

想起最近在生活中常听到的"熟女"这个词，初听不明所以，后来才知道原来年龄处于30-40岁之间的女人就叫熟女。七十年代出生的泱泱女子，当年个个可都如青葱般娇嫩，现在眼瞅着身不由主朝着三十的关口飞奔去。二十岁时，满身心洋溢着是长大成人和走上社会的喜悦和迷茫，四五十岁时人生想必大局已定，心态当是暮色渐浓，尘埃落定的一种淡然。只有三十岁的女人，心头常常无端充满恐慌：青春转眼只剩下尾巴，事业、家庭却还都刚刚起步，一切都在明朗与不明朗，可能与不可能、来得及和来不及，梦想与现实之间。对照报纸上罗列出的所谓熟女的条件：要圆熟、要时尚、要通世故、知情识趣而又清醒独立，要具备自信的光采、散发成熟的女性魅力，拥有知性的内涵与思维，妥贴、稳当……心下更焦虑了。除了年龄一项靠得上边外，其他的还差远呢！即使奋起脚步紧赶慢赶，也不知能不能够得着？

所以刚刚迈入三十的女人心头都难免有点发虚，一切似乎都时不我待，一切似乎都快来不及。不管你情愿不情愿，肩上总会多了些责任和承诺，沉甸甸的。还是要紧把握些什么，稳定的、实在的，好让自己心平气和，最普遍的对象为：老公、孩子和房子。因此还没嫁人的赶紧找个人嫁了，嫁了人的赶紧生个孩子。一时半会儿实在嫁不出去的，她们往往就会像小淇一样，选择买房置业。

其实不同年龄有不同的美，窃以为奔三的女子大可不必惶惶然不已。我们无法抗拒光阴，却有权选择过怎样的生活。只要认真把握每一天，努力经营自己的人生，热爱生活，心智成熟、坚强独立，年龄再大的女人一样美丽。

## "镯镯"其华

幼时我认为邻居好姨是世界上最美丽的人,她成熟妩媚,圆润白皙的胳膊上套着一个玉镯子。黄昏,日射纱窗,好姨穿着杏黄色薄衫,白藕般的胳膊低低一垂,玉镯子顺势滑落到皓腕上,欲言又止,欲语还休,那一幕有说不出的委婉动人。那时年少的心希望自己快快长大的盼望里,或许也藏了这样的怀想。

就这么固执地喜欢上了手镯,春节时有了压花钱,眼巴巴地盼着四处游走的货郎来,他的架子上总挂着一串翠绿色的玻璃手镯。倾其所有买了三四个,重重叠叠套在手腕上,那种小女孩的喜悦是任何美味的零食也替代不了的,惹得外婆不住口地感叹:小人儿也知道爱漂亮了!

长大后慢慢收集了不少手镯,整齐地叠放在床头柜第一格抽屉里。这么多的镯子,上班中规中距,不能佩戴,下班后洗衣做饭戴着镯子感觉诸多不便。惟有在临睡前,独自把收藏的手镯一个个把玩过去,取放之间,手镯由于晃动、碰撞而发出悦耳声,如冰瓣般脆响,那是一种纯粹的喜悦,是宠爱自己的美好心情。据说对手镯的不同喜好代表不同的个性。戴玛瑙镯子的女子,崇尚爱情,漠视金钱,大多对现实抱一种天真的态度;戴银手镯的应是安静的待嫁女子,穿一件荷叶领连衣裙,裙边是一小朵一小朵细细碎碎的石榴花，举止投足间一股掩不住的稚气；戴红木镯子的女性则豪爽不羁，纯棉衣裙、平底高帮皮靴外表下有一颗最跳跃的心……因了这么多的美丽镯子，我就常常想像那些转动的各式镯子，藏在衣袖里若隐若现，该是怎样的风情女人啊。张爱铃《金锁记》里最后写到，七巧把手上的镯子往手臂上推，那镯子在年轻圆润的时候是丝毫推不上的，就连出嫁几年那镯子也只塞得进一条洋绉手帕，可是到了老年，她已骨瘦如柴，镯子能一直推到腋下。三十年的苍凉，就在这一推之间，纤毫毕现，令人唏嘘。

其实，还是最喜欢玉镯子，淡淡的剔透的绿，简单干净，是传统衣带渐宽的叹息里终不悔改的影子。我一直相信纯粹的玉是充满灵气的，佩戴久了会成为身体的一部分，会含纳你的体温，与你同悲共喜。戴玉镯子的应是沉静从容的成熟女子，把那些过往的人和事藏在心间，藏在镯子里，声色不动。所以暗自希望自己到了好姨那年纪，也能像她那样把玉镯子戴出味道来。那时该已过了惯于仰赖他人的嫩，又尚未到任何都已麻木的老，有阅历，有胆识，散淡恬静，不管历经多少挫折和世故，依然相信世界的美好。彼时，我当与玉镯相辉相映……

辑四 清欢

# 爱的进化论

女友是能说会道的干练女子，那天因为一个偶然的话头，她谈起不同阶段喜爱的男生，话题滔滔不绝。她说： 青葱年纪情窦初开，喜欢的是漂亮活跃的男生，最好有点不羁。那个英俊少年，穿着白衬衫卡其裤，骑在单车上飞驰而过，突然在街角停住，双脚立在地上，额前的一绺头发被风吹起，几滴汗珠从青春的脸庞上流下。那时的爱恋，是羞于告人的单相思，甜中渗着酸，冰里燃着火。在他面前往往脸红心跳，讷讷不能言，只敢在暗夜里把他偷偷地想了又想。

长大后，可以正大光明地谈恋爱。每一个妙龄女子，感情都似乎充沛如六月的雨，觉得轰轰烈烈死去活来的才是真正的爱情。每时每刻想燃烧，想歌唱，可又多愁善感易受伤，一次次受伤却还能一次次地爬起。如此横冲直撞，只因输得起，面前有大把的青春等着挥霍，错了一次，还有时间有精力再错三次。

到了一定年纪，倦了累了，半真半假地说：不玩了不玩了，找个人嫁了算了。那时的她，开始不再相信谁是谁的惟一。真相信这一套，就该孤独终老了。人海茫茫，山高水长，万一命定的他找不到来时的路，或是晚来几年，咱能耽搁得起吗？什么是爱情？爱情就是天时、地利、人和，就是在想结婚的时候，恰好遇到一个差不多的男人。于是纷纷都嫁了。

一迈入婚姻的殿堂，柴米油盐酱醋茶，还有做不完的家务事都如潮水般涌来。他不再那么浪漫，她则对婚前婚后的落差极其失望。他身上的缺点，如同一束阳光照进暗屋子的那些灰尘，次第浮现，拂之不去。于是她转而开始欣赏温柔体贴的男人，看言情剧里一出出浪漫唯美的故事，哀怨如枝枝蔓蔓在心底丛生。可是日子还得过下去，一切摩擦与不适都可以慢慢容忍下来，爱恋的感觉却也一日日淡。

到现在，学会欣赏有内涵、能做事、有担当的男人。容貌的美丑无关紧要，有无浪漫温柔情怀也可忽略不计。从容镇定、深沉伟岸、自信大气、荣辱不惊、认真工作的男人最迷人。

女友侃侃而谈，我则在想，究竟要走过多少路经历多少事，才能让一个爱幻想爱做梦的少女蜕变成面前这个冷静淡然的女子？忍不住问：到老了以后，咱又该欣赏那种男子？女友慧黠地笑了，我也不知道呢，就让时间来告诉我们吧！

# 一条大蜈蚣

前段时间看电视报道说福州某市民发现一条 21 厘米的巨型蜈蚣，不禁联想起大二那年那起"蜈蚣惊魂记"，至今印象深刻。

大学时我住在校园内最高地势最顶层的宿舍，房间里两边紧贴墙壁各放三副铁架床，中间摆书桌椅。我睡在最靠里面的下铺，紧贴窗台，宽大的窗台比桌子约高三十公分，视线开阔。黄昏，我常趴在窗台上，俯看不远处的海浪沙滩，夕阳辉映下，景色美得醉人。

那天放学后我和一帮同学去吃火锅，等到吃完饭腆着小肚皮回来时，已是九点多。宿舍里舍友们吃零食的，看书的，听收音机的，各忙各的，一片宁静。我径直往床铺走去，走到第二张铁架床前，忽然一眼看到视线前方，一条硕大的蜈蚣正从窗台上往里爬，都已经到窗台内边缘了，要知道我的床铺紧贴着墙壁呢！我立刻发出一声惨叫，估计分贝不小，因为我很清楚地看到蜈蚣浑身哆嗦了一下，松足掉到地上，应该是被我的声音吓坏了。

我又继续不停尖叫，实在太恐怖了，因为我眼睁睁地看着大蜈蚣手足并用，飞快地爬到我床铺下面！舍友们个个被我吓得莫明其妙，搞清楚后也跟着尖叫起来。上铺的阿滨胆子比较大，冲出去拿了扫把，蹲下身，朝蜷缩在墙角的蜈蚣狠狠打去。蜈蚣中了几记，有点晕头转向。阿滨再把蜈蚣扫了出来,此刻我也抄了一根扫把,劈头盖脸地跟着打。可是蜈蚣实在太肥啦,浑身充满汁液,撑得皮肤发亮,软软的扫把头怎么都打不死,只一个劲地蠕动。有人提议,楼下管理员不是有养鸡吗,抓下去给鸡吃,可谁负责抓?大家面面相觑。另一个舍友提议,不如烧了它吧?这个法子得到大伙儿一致通过。

阿滨拿来几张报纸,把蜈蚣扫进报纸里,再用扫把将其推到走廊点燃。报纸燃烧成灰烬后,蜈蚣除了浑身被熏黑后,好像没啥变化,还是肥嘟嘟的恶心模样。于是再拿报纸再烧,如此几番,蜈蚣终于不动了。我壮着胆子伸手比了比,天,蜈蚣身体居然比我的大拇指还粗,比我手指张开后大拇指到中指的距离还要长!

连着几个晚上我都惊魂未定辗转难眠,只要想到当时如果晚回一两分钟,那只大蜈蚣极有可能爬进我的床铺我就不寒而栗。蜈蚣估计是从外墙上爬进来的,它有家人孩子吧,入夜后它们会不会踏着月色循着气味前来复仇呢,可怕啊!

辑四 清欢

# 像花儿一样

临街的咖啡馆内,落地的大玻璃窗下,四个女子,十年的老同学。

这样的相聚是一两个月固定一次的。安静的咖啡馆里,低旋着朴树的嗓音,如此怅然无奈"那片笑声让我想起我的那些花儿/在我生命每个角落静静为我开着/它们都老了吧/它们在哪里呀/我们就这样/各自奔天涯……"歌里明媚的笑声和水流声让人感叹韶华易逝。是谁想起用花来形容女子的,贴切极了。世上有多少美丽的花儿,就有多少风情的女子;世上有多少用来形容花儿的动人词藻,都可全部用来描摹女子的美好。犹记得学生时代那一张张青春面孔,在树荫间闪烁的金色阳光下,清新得象朵初开的莲。不知道后来那些花一样的女子,那样沁人的花香,一个个被谁嗅了去。如今我们已然在各自的命数里辗转起伏,早已疏于联系,一直陪伴在身边的,唯有对面这三张看了十年的脸,眉眼依旧。只是当年飞扬娇憨的神情收敛了不少,象莲花褪尽所有绒毛,微微垂着头,静静掠过时光的水面。心下不觉有小小的触动,生活有百般滋味,甘苦自知。淇淇刚做了母亲,我在婚姻里,玲子在爱情中,蓉蓉一路兜兜转转,至今仍在这一切之外。岁月无声改变了所有,不变的依然是一场场聚会,和这份涓涓如细流的温情。

- 169 -

见了面，四个女子总要先叽叽喳喳的闹过一阵，而后逐渐静默。所有的话似乎都在日常频繁的通话里说完了，见面，就单纯只为了相见。就这么有一搭无一搭地闲聊着，视线却不觉游弋到咖啡馆外。

咖啡馆外，街道对面，不时有妆容精致的女子，自豪华的房车里款款而下，烟视媚行——对街便是四星级酒店。那是些玫瑰或牡丹，娇艳夺目，可谁知今日的沉香丽影后，会不会很快只留下一地残红？如花美眷，似水流年，女子的年青貌美，恰如花期般短暂，只有才学、胆识、素养，才会使得女子青春不老。像李清照的瘦黄花，秋瑾的腊梅，张爱玲的红玫瑰与白玫瑰以及三毛的天堂鸟——她们是永不凋谢的花儿。而我等平凡女子，生来漫山遍野，尽心尽力开放的，也只是些细细碎碎的雏菊或者茉莉花，在繁华喧闹的尘世间，默默无闻毫不起眼。但是有什么关系呢，花儿再平凡，也都会经历从花瓣初绽到蕊丝轻扬的美丽，也会有闻香的人儿来驻足。若能在花开那一刻相遇最恰当的人，能给他最美的瞬间和全部的馨香，便已不枉花开一场。

临别时，夜如酒，月如盏。我对她们说，生命没有选择也无法重来，像花儿一样，按自己的本意，尽情绽放就好。

## 扇中日月长

天气闷热时节,我总要想起外婆的蒲扇。

在乡下老家,炎炎夏日里,女人们手里摇着把蒲扇,纳凉,烧火。外婆为了让蒲扇的使用寿命长些,还用布条细心地在边沿缝了一圈好看的花边,扇柄缠绕着彩色塑料线,看上去特别惹眼。最难忘的是晚上,村子的晒场上、戏台旁、还有自家的院子里,早早摆满了竹椅和长凳。月亮升起时,乡亲们都聚拢过来纳凉。此时月光一泻千里,白天的喧嚣与燥热被涤荡得干干净净,天地万物沐浴在月华的柔和光辉里。大人们趿着木拖鞋,东家长西家短地谈兴正浓,蒲扇助兴般地被摇得呼呼的,烟头在夜风中一明一灭。月亮渐渐偏西,竹椅上隐约有鼾声响起,我们的上下眼皮也不争气地打架了。外婆的蒲扇依旧轻轻地摇着,伴着蒲扇散发出的田园草味,还有稻香蛙鸣,我们慢慢坠入梦的更深处。

别看这小小的扇子,也有 3000 多年历史。至于古时女子最喜欢的团扇,则盛行于西汉至宋代的一千多年间。一把轻纱细绢团扇在手,或摇曳去暑,或遮面含羞,或扑蝶舞扇,轻摇曼转间款款演绎出的,总是一份婉约的柔情和纤美的姿态。可惜,"团扇,团扇,美人并来遮面。玉颜憔悴三年,谁复商量管弦?弦管,弦管,春草昭阳路断。"从历代的咏扇诗赋散文来看,更多的团扇,是被用来抒发遭受冷落、寂寞之苦的复杂心理。

　　想起一则关于扇子的爱情故事。大学里娇俏的她，向来任性，幸好身边有男友呵护着。那次周末相约爬山，上到半山腰，太阳从云层里探出头来，气温忽的升高。她抱怨连连，好不容易找到凉亭，便催促他下山去买扇子。等男友满头大汗买来扇子时，她却又不高兴了。原来她嫌他买的不是那种流行的檀香扇，不能扇出扑鼻的清香。男友无法容忍她的坏脾气，终于离她而去。时光飞逝而过，青春如干花般在身后簌簌飘落，她仍孑然一身，过尽千帆皆不是，才发现最爱的还是当年的他。有时同学聚会，她会像祥林嫂般絮絮叨叨，说自己当年为何让他去买扇子，扇就是"散"啊，真傻！边说着眼里浮上了深深浅浅的忧愁。

　　其实扇子只是单纯纳凉驱蚊的工具，似乎不应该被用来承载寂寞，或者怨尤。现在生活水平改善，家里安了空调。外婆偶来城里小住，却不喜欢这种用现代电器制造出的一室清凉。晚饭后，外婆常坐在阳台的小凳上，手里摇着蒲扇。眼睛眯缝着，望着阳台外那被高楼逼仄成细长条的夜空，住不了几天，就闹着要回去。我想，外婆是想念老家那片广袤的天空，还有那群淳朴乐天的亲人了。

# 原生态

近日新购 DV 一台，甚感好玩，当晚心血来潮，置于客厅一角自拍自娱自乐。隔日两位女友燕子和小玲来访取出播放，只见我与良人那些漱口、洗脸、挠痒痒等生活片断一举一动尽摄其中，两人毫无仪态，三人边看边笑作一团。不一会，燕子幽幽叹了口气，真羡慕你的这种"原生态"生活，无拘无束自由自在，多好！燕子的话勾起小铃的感慨，她频频点头表示赞同。我愣住了，怎么啦这是？

我这两位女友都是蕙质兰心的都市丽人。燕子性情温婉，和公婆一起住在一套豪华的楼中楼里，公公是身居要职的官员，婆婆也在事业单位工作，生活过得极其优渥。小铃目前和她的钻石王老五男友正处于如漆似胶阶段，她特别在意他，每次约会前三天已开始考虑约会穿着打扮和该聊的话题，约会出门最后一秒还在猛喷香水。你不觉得累吗？面对我们的感叹，小铃柳眉一扬，比起上下班要挤沙丁鱼般的公交车，每月节衣缩食还房贷，周末还得与一大堆家务活战斗……这点累算啥呀？当然，我不单是看上他的钱。她一侧头，不尽的柔情蜜意从她的秀眸里迫不及待地泼溢了出来，他是如此的青年才俊，稳重而不失温情，刚毅而不失佻达……

那么，我美丽的女友们有什么烦恼呢？

原来燕子总感觉夫家气氛太压抑，威严的公公平时不苟言笑，婆婆则规矩甚多。她每次外出聚会过了晚上十时便心神不宁，频频举腕看表；偶尔和夫君口角两人关起房门小声内战，开门后余恨未消还得挤出一脸笑容；那天她刚套上新买的吊带裙，婆婆眼风如锥子般一扫，回房后她赶紧脱下塞进壁橱角落从此不敢再穿。话音未落，小铃抬起头，神情倦怠眼神茫然。她说她不知道自己努力扮完美能否坚持到功德圆满的那一天，或者安知走入围城后，日日素颜相见，她的钻石男友是否会对卸妆后她的苍白面容和平淡的真实生活失望呢？

厅内一阵静默，我们都陷入了沉思。

是呵，年岁渐长，我们开始意识到，好的爱情或婚姻乃至生活状态，应该是能让人吃得更好睡得更香身心更为愉悦的。都不是十八九岁的少女了，谁还受得了日日坐卧不安整夜难眠劳心伤神的日子？原生态，不是虬枝盘结的盆景，不是温室里娇媚的花朵，而是对自然、生命、生活的尊重，是广阔天空下，头顶着骄阳或暴雨，根深扎进泥土，枝叶向四周尽情扩展，肆意生长畅快呼吸的树木花草。可是露天生长的环境难免恶劣，要忍受虫害、风沙、旱、涝以及其他物种的排挤，人生永远如此，有得必有失。所以在米色描着细细金边的玻璃杯中，淡紫色的熏衣草茶泡过五回的时候，两位聪慧女友相继感叹完毕，起身告辞回去继续她们的生活。是呵，每一种人生都有它的幸福与缺憾，每个人还不是都得好好过日子，春闻花香秋望月，夏扑流萤冬赏雪——便是了。

# 围 巾

她独爱围巾。

打开衣橱,一长溜的围巾整整齐齐地悬挂着,长长带穗子的开司米、精致婉约的雪纺纱、质地挺硬的雪夫绸,恰似一道亮丽的风景线,又像一群绚丽的小精灵,随时准备雀跃而出,栖息于她的腰间、颈部、肩上,点亮她的心情。

是谁说的,围巾是上帝送给女人的礼物,如同情人的手臂,体贴地给你温柔的呵护。忆起那年冬天,那青春飞扬的岁月。校园里蜿蜒的小径旁,冬夜的寒意翻拂着她的衣角。他把自己的围巾解下来给她细心围上,粗毛线棒针织的围巾,长穗随风飘舞。整个冬天,她固执地裸露着颈部,不肯买一条属于自己的围巾。要的是他怜惜的目光,要的是他一次次地解下围巾,一次次地帮她围上,要的是围巾上他遗留的体温,温暖了一季长长的寒冬。

可是,一连串的误解渐渐隔阂了彼此,终于感情如褪色的围巾失去了往日的风华。当已逝岁月的尘埃覆盖了他离去的脚印,在冬日街头,无语伫足回望,"后来,当我们学会了如何去爱,可是你已远去消失在人海……"刘若英的歌声在她耳际幽幽响起。再没有那个俊朗的男孩,为她系上那抹温暖,为她在寒风中无尽等候。

那年的围巾已被任性的剪刀绞碎,洒落在风里。那年以后的冬

梨里的光阴
LILIDEGJANGYIN

天格外寒冷，那年以后的寒意长驻心头。从此逛街时总喜欢在围巾专柜前流连，无法抗拒那一份独有的妩媚与温暖。衣柜里的围巾已经够多了，可无论收藏多少条，总觉得有种填补不了的缺憾。也许她想要的并不是围巾，而是害怕那份孤独的寒冷，渴求在围巾的回忆里温暖自己。也许她想要的并不是围巾，而是爱人的那双温暖手臂。

辑四 清欢

# 婚姻如毛巾

冬季的南方，是空气中凝着水汽的一种湿冷，工作了一天，急急往家里赶，心头渴望的只是一场酣畅淋漓的热水澡。往热汤里一浸，水汽氤氲里，任凭再累再憔悴的脸也被热气熏蒸得唇红齿白。此时再把干燥柔软的大毛巾往身上一裹，细细密密的水珠随即被吸干，冰凉的手脚立刻变得热乎乎的，通体舒泰。所以爱洗澡的同时捎带也爱上了品质优良的毛巾，茫茫人世总得抓住一点温暖。

母亲说我婴儿时特别喜欢洗澡，看到大澡盆就眉开眼笑，每次洗完后抓着澡盆边缘就是不肯松手。被强行抱起来时，我扁了扁嘴刚要嚎啕大哭，母亲已迅速把我放在摊着大毛巾的床上，躺在柔软毛巾上的小人儿马上展露出舒适惬意的模样，原来喜欢毛巾打小便有渊源呀！

记不得哪本杂志上写到，毛巾的主要成分——棉纤维很容易"藏污纳垢"，最好三个月一换。我仿佛找到理由似的，变着法儿买，有平织、割线、提花、螺旋、缎档、素色、彩条、绣花、印花、割绒……各种毛巾换着用。毛巾买多了，颇有些心得，发现日日使用的毛巾居然与婚姻有几分相似呢！

买过某品牌彩棉毛巾，据说由天然彩色纤维织造而成，不含对人体有害的化学染剂，是真正的环保产品。给自己和良人各买了一条，良人的那条用不了多久，便湿嗒嗒的粘手，越用肥皂洗越油腻。再后来，就破成丝丝缕缕。是否像是那个痴心的男子苦苦追求，你也尝试着接受他，可总感觉到一种黏糊糊的烦恼，仿佛可以忍耐，可渐渐烦躁起来，终于千疮百孔，不堪负荷，直到分手后才如释重负。我自己用的那条倒挺耐用，手感顺滑清爽，莫非毛巾也择人而用？婚姻也是如此吧，选择了不同的人，也就选择了不同的生活状态。

有一种绣花毛巾，精致的刺绣，通体蓬松柔软，仿佛一切都很完美，真想就这么一直用下去。可是柔软的手感中，老有某块硬板板的东西让人不适——是上面艳丽的刺绣。像和无趣的人谈话，噎得人心口一闷一闷的。婚姻里最体面出挑的那一点，恰恰却是最让你难受却又无从诉说的，耐人寻味。

男才女貌的婚姻是名牌毛巾，用料考究，做工精细，看上去很高雅漂亮，用起来舒适透气，让人爱不释手。但它价格昂贵，经不起粗暴的使用，需要精心爱护，时时珍惜。至于品质不佳的毛巾，下了水才发现褪色，洗一次粗糙一次，凑合着用吗？擦在脸上分明滑溜溜，不吸水不去污。可又舍不得扔了再买条新的，再说了日子已经捉肘见襟的你难道买得起更好的毛巾？像勉强凑合的婚姻，是一种令人绝望的悲哀。被金钱收买的婚姻则是小尺码的阔缎档面巾，看上去挺美。可是，还是大毛巾用起来舒服呀。正如他殷勤给你很多很多，可都不是你最想要的，是一场双输的悲剧。

我最经常买的是些很中庸的牌子，如盛世小康人家媳妇，不会太惊艳，但面目周正，家世清白，是拿得出手用得顺心放着安心的。

你呢，你喜欢哪种毛巾？

辑四 清欢

# 做了回模特

　　大学生涯是人生中最美好的一段时光，年轻的心对一切都充满新奇。记得大二那年，一天我看到校园食堂边的公告栏上，贴着招聘兼职油画模特的告示。呀，模特，一个多诱人的名字！我兴冲冲地跑到美术系办公室报名，老师上下打量了我，爽快地点点头："行，你明日过来吧，做三天的模特。"

　　那晚我心情特别激动，辗转难眠。次日起床穿上最喜欢的裙装，我早早就到了系办公室。谁知老师对我的精心装扮视而不见，径直到服装室，挑了一件清末大褂让我换上，又把我头发梳成整齐的发髻。到了画室，里面空荡荡地立着一些画架，地板、墙壁到处都沾染着五颜六色的颜料。十来个学生已候在那里，眼睛齐刷刷地盯在我身上，我一下子紧张起来，手脚不知往哪放。"哇，今天画的是古典美女耶！"他们热情地围了上来，七嘴八舌地说着。

　　"好了，各就各位！"老师拍了拍手，同学们一下子安静下来。老师指引我到椅子前坐下，双手交叠放在双膝上。同学们的表情变得严肃认真，来回走动，各自选好角度便开始作画。一抹阳光斜照进来，画室里安静得只听见画笔涂划在画布上的声音，还有身边的小闹钟滴答滴答地走着，仿佛光阴的脚步声。约莫一个半小时后，老师说："休息一下吧"，我如释重负地站了起来，顾不上喘口气，好奇地跑过去看画，张张画布大都已打好底色，勾勒出大致轮廓。

　　这天总共工作了六个小时。回到宿舍我一头倒在床上，只觉得全身酸痛，搞不明白为什么坐一天会比走一天还累！第二天我已没有了最初的新奇感，两眼开始无神表情趋向木然心情已然烦躁，觉得画室闷热、环境杂乱、时间漫长、椅子太硬……第三天我硬着头皮再坐上椅子时，意识到这一天的时时刻刻分分秒秒会更加难熬。怎么办？难道放任自己痛苦吗？想到这，我深吸了口气，开始调整心绪，最后干脆眼观鼻、鼻观心进入冥想状态，很快地心也平了、气也和了。当下课铃敲响，我才意识到时间过得真快！老师满意地夸奖我做得很不错，取出相机给我拍照，还特地多洗了一份送给我做纪念。同学们已陆续完成初稿，接下来只需依据照片进行最后细节上的雕琢即可。看着画布上的自己，墨绿色绣花大褂衬托下，额头光洁、举止温婉，神情恬静，我开心极了。

　　遗憾的是工作后宿舍数次搬动，那张照片终于不知所踪，可是三天的模特经历，依然深深地烙印在我记忆里。

辑四　清欢

# 都是狠角色

接到廖姐电话，兴奋地描述她的幸福生活，我真替她开心。廖姐去年离的婚，她周围的人大都认为她这辈子没啥奔头了，一个四十岁的女人，打着一份不怎么起眼的工，住在逼仄的出租房里，换了别人，愁都愁死了！可是，她照样每天活得兴头头地，居然还去学了英语。上次她来向我道别，说要去澳洲开始新的生活，还给我看她丈夫的照片，一个退役的海军军官，照片上两人一脸的甜蜜让人羡慕不已。海军军官喜欢她的温柔顾家，喜欢她眼角唇边的一点岁月风霜，是谜样的中国风情。有什么大不了的呢，我的小妹妹，人生永远都还有大把的可能，她总是这样说。记得那日中午，我们在铺着美丽台布的咖啡馆小院对坐，冬日的暖阳里看洋紫荆静静旋下火红的花瓣。她仰起脸，嘴角上扬，脸上示范地微笑，要从容，要快乐，诺，就像我这样！廖姐真是"狠狠爱"呢，回头想想才发现，我周围的女友们都是些"狠"角色！

薇薇是"狠狠干"的典型例子。随着高校扩招，就业竞争愈发激烈。她还算幸运，毕业后顺利就了业，跻身小白领队伍。可薇薇嘟着嘴巴形容她目前的所谓"白领"生活——"在高峰时段的公交车中紧抿嘴唇，提着电脑忍受拥挤，在中午时分潮水般涌出玻璃幕墙楼宇，不惮微笑着坐在最普通的小餐馆里"。是累呢，这样的日子，而写字楼下，更有无数眼睛闪亮的新鲜人等着涌入。于是在同龄人或花前月下徜徉或牌桌饭局狂欢的时候，她忙着学习外语、IT和热门职业技能，每天忙碌而充实。我要未雨绸缪改变命运呀，姐姐。她的声音充满了活力，是一朵美丽蔷薇花，形容盛开的样子。

玲子该是"狠狠美"啦。以前她忙于工作，生宝宝后又忙于照顾小孩，等到小孩满地跑时，才有空揽镜自照，镜子里的她身材臃肿，面容暗黄，曾经值得骄傲的花容与细腰已无迹可寻。她痛定思痛，报名参加了舍宾培训班和游泳班，还把以前的文学爱好也捡起来了，内外兼修才是真的美。半年下来，我们看到了一个容光焕发体态轻盈气质优雅的她，现在都改口称她为"中年美少女"呢。她则感慨地说，以前下班后忙着洗衣做饭，天天围着老公孩子转，他们还嫌烦，现在有了自己的生活和圈子，家庭氛围反而更好，自己也觉得活得更充实了。

你看我的这些"狠"角色女友们，个个活得活色生香，愈发衬得我太过怠懒平凡。平素我惯常得空儿就猫在角落里偷懒，每次聚会过后心头不免受点刺激，回头还得逼得自个儿多努力，好小碎步迎头赶上。女人，就该对自己狠一点儿，也正是这些可爱的"狠"女人们，我们的世界才更加赏心悦目。

# 棉袄

记得小时候不大喜欢穿棉袄,灰灰的棉布颜色,土气的家常款式,穿上去身形全无。穿久了脱下的棉裤还会自己立着,俨然一个小人的下半身,棉袄的厚硬度可见一斑。然而那时冷天似乎特别多,在严寒的淫威和母亲的声声催促下,我不得不穿上棉袄,看上去像只笨拙的企鹅,胳膊肘都弯曲不了,天气一转暖便赶紧脱了下来,臭美着呢!

长大后再也没买过棉袄,现在御寒的靓衣多了去,高贵的羊绒、呢子或皮质大衣、还有休闲轻薄的羽绒衣,款式时尚颜色多样。至于棉袄?最多只是冬日某个周日午后闲闲的一场怀旧,或是作家笔下烘托人物性格等级的一个道具。《红楼梦》里就详细描写道,薛宝钗穿着蜜合色棉袄,林黛玉则是月牙色,至于那些一等二等丫鬟,颜色布料则相对次了些:鸳鸯身上是水红绫子袄儿,紫鹃穿着弹墨绫薄棉袄,麝月穿红绸小棉袄儿,芳官是海棠红的小棉袄……

棉袄大概都是夏天做的吧,正好赶上冬天穿。呵,理想中的棉袄,是西窗下只只纤手拈针飞龙走凤做就;是殷实人家温婉秀美低眉顺眼的小碧玉,晚饭后点起第一炉香,平心静气埋头纳线,偶尔捏起案角上那条瑞蚨祥的描金手帕,拭拭鼻尖上渗出的微汗;是大家族里阅尽世面精明伶俐的大媳妇，一早安排好家内杂务，悠闲地来到偏房里端详丫鬟的活儿，盘算着长辈的这几件是否合了她们的意，小姑的款式是否赶上当季流行，手里的桃红团扇有一下没一下地扇着。那些棉袄，料子必是上好的织锦缎，对襟高领或偏襟窄肩，只只手工盘花扣，襟、袖和裾上都绣了精美的蝶儿花儿，或是大团小绺缠绵的暗纹，抚摸起来有凹凸的手感，里层密密纳着一层优质丝绵，穿在身上端庄而贵气。而不像目前某些品牌的中式棉袄，一律大红色质地普通的棉布，绣上看不出品种的花草或是生气全无的彩凤，不由分说地挂满整个专柜，一种伪装的喜庆，叫人无端地讨厌这个工业化速成时代。

所以还是寻觅不到理想中的棉袄，只是买了件类似棉袄的睡袍。冬夜漫长寒冷，裹在身上看书码字非常舒适温暖，无论是躺是卧是坐，都柔软地包裹着你，如此贴心贴肺。穿久了边角泛起一层毛毛的边儿，手感更为柔和。儿时的棉袄是否就像现在枕边的那一个人呢，日日素面相见，褪去了所有装饰与虚华，彼此袒露最真实的面目，暖和、家常，虽无描金绣彩之体面，却也足以熨贴你的心。至于那件华美的棉袄，穿上时得精心梳洗打扮，研究如何搭配发型及首饰，举手投足还得随时注意保持优雅挺拔，想来必是件劳心劳力的苦事，哪里是居家过日子的衣服。

辑五
GUILAI 归来

日日清晨起床，园圃的这一片绿意带来一天的好心情。经过了一夜的休憩，人与植物都神清气爽，桂花、玉兰的香气象婴儿两只爱娇的手，软软围了上来，熏然欲醉。

　　山中何事？不过松花酿酒，春水煎茶。日月有序，一如花朵年年如期盛开于草原，历数千年而不曾爽约，小小园圃，竟给了我地老天荒的感觉。

辑五 归来

# 牵 手

　　旧爱已成沉香屑，跟他分手后，她终日郁郁寡欢，照常上班下班，晚饭后则坐在电脑桌前发呆，一呆便到深夜，人也更加清瘦。日日在清泠的寂寞里一遍遍回想从前，心是飘落在水面上的落叶，无法泅渡亦无意泅渡，只是奄奄的，奄奄的，沉沦下去。

　　细心的母亲发现后，几次走进她房间，欲言又止，最后还是叹了口气，忧心忡忡地走开。她头也不回，手里不停拨弄着鼠标。小时候她也是承欢膝前的小儿女，那是充满欢笑的金色童年。上中学时她早恋，父母亲强行干预，开始查她日记，放学后要求她准点回家，周末不许她和同学出去玩。"我们生了你，就要管你！"

　　她愤然："如果你们生我就是为了管我，那我宁可没让你们生下来的好！"

　　当年的争吵犹在耳旁，之后她如常升学、毕业、工作，只是在他们面前渐渐沉默了，她建造起坚固的壁垒，父母走不进来她也不想走出去。

　　晚饭时，母亲建议，换季了，一起去逛街买点衣裳吧？

　　她点头，出去散散心也好。中学毕业后她所有的心事，转向闺中密友倾诉，常关起门来，抱着电话说着半宿闲话，夜浓了，纷纷扰扰的青春心事也沉淀了，才恬然睡去。这次失恋，她所谓的爱情，在他的挑拣中，被淘汰出局，无极而终。要强的她这次不愿对任何人说，只肯关起门来自个儿疗伤。

母亲舒心地笑了，脸上皱纹展开如羽状甘蓝，生怕她反悔般手忙脚乱地收拾停当，两人出门上了车。公交车缓缓启动，车窗外有男子追赶，一边拍打着车厢一边嚷着"师傅，等一下，师傅，等一下！"车窗内一乘客探出头促狭地喊道："悟空，别追了！""哄"地一声大伙儿哄堂大笑，她和母亲也笑得前仰后合。忧郁的心房仿佛被和煦的风儿吹开了一道小口，她才注意到，春天的脚步近了，空气有种潮湿的薄荷凉。

橱窗前，母亲兴致勃勃地拉她："这件好，粉红的颜色，最适合你。"她摇摇头。

"那这件？有蕾丝花边，像公主。"母亲讨好地对着她。

她闷闷地说："都不喜欢。"母亲就是这样，总喜欢拿粉嫩的色调装扮她，却不知道，二十七岁的她现在只喜欢黑、咖啡或灰的颜色，正宜烘托她暗淡心情。

逛来逛去，总是意见相左，最后啥衣服也没买成。她倒也习惯了，淡淡道："去对面商场吧，我想买瓶润肤露。"

街上车马川流不息，车声人流涌动如大浪拍岸，站在斑马线上，仍有车子呼啸而过。她惊呼，习惯性地去拉身边人的手。以前他每次过马路都会拽着她的手，大步流星地往前赶，她小鸟依人般乖乖跟在后面，以为可以这样一路走到地老天荒，那是多久前的事了？恍惚中已过了马路，她才发觉母亲的手，扎得她细嫩的手心生疼。多久没牵母亲的手了，儿时记忆中这只软绵温柔的手，何时已经变得粗糙不堪？妈妈的一双纤手，经过几十年家事的洗礼，早已掌心有茧，指缝有油、手背有刀印了。再一偏头，母亲鬓角泛起的星星白发，深深刺痛她的双眸，母亲真的老了。她心里一酸，出了商场,柔声说,妈妈,我们回家吧!

母亲要坐公交车回来,她坚持打了车。一路上,母亲忍不住絮絮叨叨,赚钱不容易,干吗这么浪费?坐公车可以省个十块钱。还有啊,买瓶面霜就要四百块,三下两下钱就这么花没啦。

又唠叨又唠叨,烦死了,刚才的柔情已被母亲的唠叨破坏殆尽,总是这样!她望着窗外,咬着嘴唇不发一语。

"啧啧,这么贵,那您抹那一指头不就得好几十块啊!"的士司机回头惊叹。

"就是,要不我给您抹一下,就当的士费吧?"母亲开玩笑地说。

的士司机回答:"哎,那我还得找您钱哪!"她不禁"噗"地一声笑了出来,这些天一直沉溺在自己狭窄的世界里,不知道原来爱情以外的世界也这么精彩。

到家后,她洗漱后从卫生间出来,听到母亲欣喜的声音:"咱们的女儿啊,今天逛街回来心情好象好了不少,"刻意压低的嗓音里是压抑不住的喜悦:"你知道吗,她一路上都牵着我的手呢!"她心头一动,仿佛在胸口按灭一根燃烧的烟,有种灼热的疼痛。

父亲只是简短地说:"恩,那就好。"父亲在政法部门担任不大不小的职位,一贯沉默寡言,一身制服愈发衬出他的威严,年内刚退了休。她忽然想到,不知父亲是怎么打发退休后的大把空闲时间的。记得有次下班回来她看见父亲独自坐在阳台的藤椅,任夕阳的余辉洒了一身,看上去孤独极了。

她静静进了卧室,斜倚窗前,连日来压抑已久的泪水,终于顺着她清秀的脸颊肆意往下流淌。她没想到,牵手,一个普通的举动会带给母亲如此大的欣喜。就连台湾人也把"牵手"作为对妻子的别称,可是十指相扣不单是恋人之间的举动。对于相恋的人,人们往往不吝于最甜蜜的语言和最亲昵的举止,可对于父母呢?当然父母永远不会同儿女计较,他们如同一株一年生的草本植物吸取了所有养分也只是为了儿女,当儿女茁壮成长,繁花似锦时,他们已衰老,却仍然吃力地举起羸弱的手臂为儿女遮风挡雨。

　　大哭了一场,她的心情豁然开朗,连日来的阴霾似乎也一扫而空。为了自己,为了双亲,她应该活得更开心,整天为一个早已不在乎自己的男子自怨自艾,这究竟算啥回事呢!这么多年,她在封闭自己的同时,也用冷漠的利刃无数次伤害了父母。就从牵母亲的手做起吧,握住拳头,也就拒绝了一切,摊开手掌,就能拥有一切。指间的幸福,可以远在天边也能近在咫尺,她要好好把握。

# 窗外的小鸽子

乔迁新居（新居买的是二手房）没几天，一早起床后，忽然发现客厅窗台上停了只鸽子，正侧着头好奇地打量着屋内。我轻轻地走过去，鸽子也不怕人，隔着玻璃窗，睁着一对黑漆漆圆溜溜的眼睛与我对望，它头、颈的羽毛为石板灰色，胸和背则为白色，翅膀和尾羽末端各有黑色横斑。片刻，鸽子可能觉得无趣，一展翅飞到了两墙之间的水管上，依旧侧头看着我。我这才注意到另外还有只鸽子，上背、前胸有金属绿和紫色闪光，早已停在水管上。开窗探头一看，呀，就在对墙视线下方约1米位置，一个凹进去的长方形洞，约30公分宽1米长，堆积了些土，可能是以前施工留下的，却成了这对鸽子的小小安乐窝，还有2枚卵白色的蛋散落其中。据说鸽子祖上栖息在高大建筑物上或山岩峭壁上，在地上或树上觅食种子和果实过活，没想到在都市钢筋水泥森林里，35层的高楼上，这对可爱的鸽子也能筑巢，它们的身世俨然是个谜。

每天起床第一件事就是去看看鸽子，它们常站在我家窗台上，行走的姿态高视阔步，并带有特征性的点头动作，似向我致意。日子久了，了解了它们的习性。白色那只比较活跃，老是飞来飞去，该是男性，我取名为肃肃；淡紫色那只羽毛丰美茂盛，比较安静，常在窝里呆着，是女孩子喽，唤做蓁蓁，取《诗经》中"鸿雁于飞，肃肃其羽"和"桃之夭夭，其叶蓁蓁"之意。

　　常纳闷，它们究竟靠吃啥维生？上周末出游了两天，回来发现鸽子多下了2个蛋，开心地唤了良人来看。又特意去超市买新鲜玉米棒，剥了些洒在窗台上想给鸽子补充营养，剩了半个放进冰箱。黄昏下班回来，发现窗台上的玉米粒少了点，不知道是风吹落的还是鸽子吃的，其余的玉米粒已成干瘪样。想再剥点玉米，可冰冰的，鸽子吃了会不会拉肚子？心里盘算着下次还是改买干玉米粒好了。

　　又上网查了下，知道雌雄鸽轮流在夜间和白天孵卵。可是4个鸽蛋散落在方形洞的四处，所以蓁蓁和肃肃只能孵1个，另外3个就这么裸露寒风中，像刚组建家庭的小夫妻，还不懂得操持家务照看小孩一般，看了真让人着急。

　　冬天说来就来，单身的人多半都害怕过冬，连郑智化也无奈地唱着："冬季怎么过，单身的被窝"。正好良人出差，晚上在家独自进餐，白色的灯光，冷冷地衬着四面白色的墙，还有桌上那碗寡淡的白菜鸡蛋面，冬日的凉薄寒气扑面而来，简直要食不下咽。鸽子是雌雄终生配对的，若其中一方死亡，另一方很久以后才接受新的配偶呢。看着窗外鸽子互相依偎的画面，我不禁要担心，这对鸽子在城市一隅相依为命，如果有一天有只不在了，另一只鸽子要如何独自打发这漫漫冬夜？是啊，老伴，多么温暖而凄凉的词！当你老了，头发白了背也驼了，有一个伴儿陪在身旁，他有无金钱、美貌、地位都已不再重要，只要健健康康地活着，足矣。

# 园圃之乐

一月，天气依然晴暖得很，季节轮递，不知不觉阳台的小小园圃已初具规模。

阳台不大，仅几平方；园圃不甚美，没有规划乱种一气，却呈现出一派生机勃勃的野趣。每一棵植物背后，都有一个故事。种植蔬菜的几个泡沫箱，是在楼下垃圾桶边捡回来的，为了节省空间，又去买了三层的木架子，每茬的量刚好够炒一盘；角落两株茶杆竹，因其混生型根系不好挖，有次爬山看到单株生长的，不费吹灰之力轻松拿回；碰碰香、金钱草是去花店捧回来的；西红柿是做饭时，顺手掰了内核丢进，居然也长了起来；绿草地寻了很久，花店都没卖，偶尔在工地上看到，厚着脸皮要了，回来再用木栅栏围上；两株牵牛花，一棵绿萝，顺着栏杆向上攀援，于是就有了采菊东篱下的味道。

日日清晨起床，园圃的这一片绿意带来一天的好心情。经过了一夜的休憩，人与植物都神清气爽，桂花、玉兰的香气象婴儿两只爱娇的手，软软围了上来，熏然欲醉。平时洗菜最后一遍的水，用来拖地板，拖地板剩下的水，就用来浇花，不浪费水资源还能充分利用房间里的尘土。淘米水、自制豆浆剩下的豆渣（不能直接浇花，否则土壤板结阻碍根系的呼吸）放进大号可乐瓶沤熟，两周左右就是极好的有机肥。挑拣下的老菜叶，随意丢在阳台晒干；鸡蛋花、滴水观音等阔叶植物的落叶，一点点收集起来，一段时间便烧了做草木灰，化作春泥更护花。起风了，用塑料膜做挡风板，雨来了，要把植物一盆盆搬进客厅。活并不轻松，但做这些事情的时候，心情格外平静专注。德国作家赫尔曼·黑塞在《园圃之乐》里说得好：这是"一种既不过于粗砺，也不像人们所想象的那么惬意的日子；这种生活既不崇高也不壮烈……这是最古老，最绵远悠久的人群所过的日子，是最简单，最笃诚的耕地人的生活方式。这种生活但知有辛勤，有劳苦，是以虔诚为基础，信赖土地，雨水和空气的大能，信赖四季的递移与动植物的生命力量。"

周末午后，阳光转至淡金时，常会推窗而出，在阳台静静地喝些茶，看看书，或只索性啥也不做，看盛开的玉兰，含苞的山茶，抽新叶的水仙，牵牛花在风中摇曳，小葱、青蒜、米椒长势正好，但觉空气分外安恬舒适。去超市买回的雏菊、青菜种子，上周刚洒下，现在一点点地发了新芽。油菜长开后，只把叶子摘下，让它继续长，果然开出了金灿灿的油菜花，美极了。朝夕相对，哪一棵抽出了叶子，哪一棵吐出了花苞，草木的一点细微变化几乎都了然于心，每天都有惊喜。

山中何事？不过松花酿酒，春水煎茶。日月有序，一如花朵年年如期盛开于草原，历数千年而不曾爽约，小小园圃，竟给了我地老天荒的感觉。

辑五 归来

# 养蚕

又是春暖花开时节，我去年珍藏的那片蚕卵，应该很快就能孵化成蚕了吧？

去年有次回同安老家，偶尔看到邻家小女孩养蚕，一时童心大起，好说歹说讨了十来条，带回厦门，却犯了愁。我居住的小区虽然处处绿影婆娑，惟独不见桑树影子。情急之下，想起自家阳台上种的葡萄，葡萄叶模样类似桑叶，或许也可充数？试着摘下两片洗净撒上，已经饥肠辘辘的蚕儿蜂拥而上，沿葡萄叶边缘，小口而快速地嚼着（"蚕食"一词果然精准之极），让我好一阵惊喜。为了更方便地吃到叶子，有几只嘴馋的，还采用"倒挂金钩"的方法呢，用小脚抱紧葡萄叶的边缘，嘴朝上，贪婪地吃着，憨态可掬。蚕儿长得飞快，先有半寸长，后转眼长到小手指粗细，并不断地排出颗粒状深墨绿色的粪便。此物古称"蚕砂"，能入药，具有祛风除湿、镇静止痛之功效，放入枕头可清火明目。中国养蚕术可追溯至5000多年前，《诗经》里就写道："春日载阳，有鸣仓庚。女执懿筐，遵彼微行，爰求柔桑。"意思是春天太阳好，黄莺唱，姑娘手拿筐，走在小路上去采嫩桑叶。

蚕蜕皮最为辛苦，身上所有的蜕皮都挤缩在尾部，接着身体、尾部用力伸长，再突然收缩，最后将尾巴左右甩动。这样的动作要重复数十遍，皮才能完全脱下来。经过四五次蜕皮，渐渐地，蚕儿背上开始透出光泽的亮来。它们在盒子上各自找了个角落，把自己的身躯固定好，安静地开始吐丝。我这才被吓了一跳，丝居然是淡红色的！看来问题出在葡萄叶上。次日再一看，已结成薄茧儿，隐约可见蚕儿的头还在不停摆动、吐丝。茧儿越结越厚，红的色彩也越来越重。蚕儿不留一丝缝隙给自己，与世隔绝，静默如入定老僧。等到破茧而出的那一天，蚕儿化为蛾儿，如浴火重生的凤凰，黑黄相间的翅膀，怯怯颤动的触须，娇弱无比，我见犹怜。蛾儿不吃不喝，兢兢业业埋头产卵，直到筋疲力尽，耗尽生命最后一丝能量后，才无力摊开翅膀，委地死去，无怨无悔，无声无息。只留下硬纸片上的蚕卵，星星点点如撒一地黑米，还有一个个红茧，看上去触目惊心，好像蚕儿的精血化就而成。

　　卵孵成蚕，吐丝为蛹，蛹再化蛾，蛾又成卵。生生死死忙忙碌碌悲悲欢欢一段人生。民间早有"一年养蚕，半年有粮"的谚语，可爱的蚕儿用自己心血吐出的丝给百姓带来富裕生活。我把珍藏的那片蚕卵取出，郑重地放入纸盒里，等待今年第一声春雷炸响，生命再一次轮回。只是这次我已经早早找好了桑树，尊重自然规律，不想再委屈我的蚕儿了。

## 家有小龟

朋友去云顶岩钓鱼钓到一只乌龟,那天拿到我家时它的脖子还带着伤痕,腹甲平直,褐色的龟壳镶嵌着一圈黄色锯齿形的花边。初来乍到,它样子怕怕的,把小脑袋、四爪、尾巴藏得严严实实,伏在地板上一动不动。过了几分钟,胆怯地探出了头,眨了眨小绿豆眼睛,褐绿色的脑袋两侧间杂一道桔黄色的条纹,惹人怜爱。我脱口而出:"就叫阿美吧!"

阿美一开始被养在大脸盆里,可它野性未消,拼命沿着脸盆边攀援,想出去呢。我干脆放在卫生间地面,任它自由来去。它伸出小爪,试探着向前爬了两步,停下,看看没啥动静,又爬行几步。就这样爬爬停停,确认天下太平无事后,就开始昂首挺胸地踱起方步来。

相处久了,对阿美的脾气也慢慢有所了解。它最喜欢吃新鲜的猪肉、鱼内脏、虾蟹,对蔬菜水果一概不屑一顾。为此,我经常到菜市场跟鱼贩子讨鱼腮鱼肚。阿美爬行时喜欢直来直去,遇到障碍物(类如拖把),决不拐弯,勇往直前。它还喜欢爬到洗衣机后面小憩,那可是它的私人空间。可洗衣机和墙根地间隙太窄,这时它仍会坚决沿原路前进,身体侧转,垂直(不是直立)通过,看她那别扭样,还有嵌在空隙中四腿乱蹬的样子,真是让人又好笑又好气，怎么会这么笨呢！阿美也会发出声音，当它被打扰时，便发出一种类似叹息的低低的声音，而且只有一声，可谓"惜声如金"。最有趣的是看阿美泡"温泉浴"，每次阿美看我拿起喷淋头，不管此时它躲在卫生间的哪个角落，都会把脖子抻得老长，昂着小脑袋瓜儿，很认真地盯着，直到喷淋头真的喷出水后，就前爪儿挂着地，"噌噌噌"很卖力地爬过来（以它平时的速度而言，算是飞快了），在我脚下站定，微眯着眼睛享受热水。洗完澡地板被烫热后，地面上往往还积着一点热水，这时它就把后腿蹦得笔直，两腿相对，一副很舒服的样子，让人忍俊不禁。

　　每天早上我起床洗漱，蹲在马桶旁的阿美也醒了，它用左爪拂了拂头，微侧着小脑袋，漆黑的小眼睛就那么盯着我，盯得我的心都软了。阿美就这么一天天成了我的牵挂，每天回家第一件事就是去看它，它总是躲在角落里，有时闭眼打盹，有时则沉思入定如老僧，有时还直立在下水管和墙壁中间那窄窄的缝里，真不知道它是怎么做到的！一次回来找不到它，我吓了一跳，整间屋子搜寻了一番，才发现它躲在书房的桌子底下，拎出来劈头盖脑地训斥一番。阿美畏畏缩缩地爬到墙角，用一只前爪撑着墙壁，歪着头靠在爪子上可怜巴巴地看着我，我于心不忍，赶紧轻抚龟背以示安慰。从此以后它再没有爬出过卫生间，真是一只有灵性的乌龟啊！很喜欢这种"含饴弄龟"的日子。

## 老林的时尚杂志

　　老林是我家楼下新来的车库管理员，一开始没留心他，倒是每次进出车库，他大老远就主动挥起手，笑容满面，几个大楼管理员，就他如此。一来二往，跟他熟了，偶尔会停下来和他聊几句，心里越来越喜欢上这个老头。他年纪约60来岁，中等偏瘦，腰板挺直，总把自己打理得整洁而精神，白净的面容，礼貌的举止，颇有老上海绅士那种风度翩翩的味儿。

　　一天，他看到我就小跑过来，问我是否有爱看、现在又不要的杂志可以借他看看。没问题呀，隔几天我就搜罗了一叠，还特的带了几本公婆订的《家庭医生》，他兴冲冲地搓搓手，接过去翻了下，对我摇头比划着："不是这种书，是要那种图片很多，纸张滑滑亮亮印的很漂亮，花花绿绿厚厚大大的，有印着漂亮衣服、化妆品和好吃菜肴的……"哦，明白啦！次日我改拿了几本《时尚芭莎》等杂志，这下他连连点头。可是您看这个？看着我疑惑的表情，老林神秘地一笑："我啊这是在补课，过两天我那两个孩子过来，我跟她们就有话说了。"

　　哦是，有听老林提过，他老婆也在大楼当清洁工，两个女儿都在上大学，一个在南京一个在武汉，老两口来厦门打工，就是要供孩子上学。暑假快到了，孩子们想来厦门看海，一家人借机聚聚。

你说一年到头就也见不了孩子几回，这见面总该说些孩子感兴趣的话题吧，可说些什么呢？我和老婆子多看看这些时髦杂志，看看年轻人现在喜欢吃啥穿啥玩啥，到时就有话说啦！老林拿着杂志，乐呵呵地走了。

我却想起，每次母亲打电话来，我都是随口应了几句就匆匆挂了线，一次母亲忍不住抱怨，跟我打电话像打电报。上次回娘家，我跟爸妈聊了几句躲在书房里上网，母亲一会儿进来送碟哈密瓜，一会儿进来倒杯水，不时和我聊下，可我光顾上网，心不在焉地应付着。忽然她说，你手机里那曲《千里之外》我很喜欢听，那个周杰伦的歌真不错。呃，我做了个鬼脸："幼稚！我才不喜欢他呢，口齿不清的，那个手机铃声是电信赠送的，我也懒得改。"母亲楞了一下，低头默默出去了。

我又想起有次，爸妈来我家，我和母亲在厨房忙着饭菜，先生和老爸在客厅聊着什么，我端菜出去刚好听到先生惊呼："哇，爸爸你都知道《植物大战僵尸》这个游戏啊！"老爸得意地笑了，笑得很大声。先生平时喜欢打打游戏，我有次随口跟父母抱怨过，可能他们就记住了。

我有些心酸了，为老林的时尚杂志，为老妈的《千里之外》，为老爸的《植物大战僵尸》，为天下所有的父母。

## 被需要也是一种幸福

幸福是什么？以前我会回答说，幸福就是有人关心、被人无限度宠爱；现在我却觉得，被需要，才是一种更醇厚更宽广的幸福。

话说我休完产假上班后，因为不放心几个月大的女儿让保姆一个人看着，照看女儿的任务自然就落在了父母亲身上。父母亲都已年过七旬，和我们住在同一个城市。每天上午八点，父亲准时到我家，接替我和先生上班，顺便带女儿下楼玩；母亲则先去菜市场买菜，除了买全家的饭菜还得安排女儿的辅食，接着到家后做饭、看宝宝。女儿开始牙牙学语了，模仿力特强，可爱的举止常把老两口逗得哈哈大笑。

转眼大半年过去了，我也断了奶。女儿正是学步期，皮的不得了，要时时刻刻看着，一点都不能分神。我担心父母亲太辛苦，借着中秋节去上海看公婆之际，让女儿顺便留在公婆家住上一段时间。因为婆婆还没退休，女儿出生后公婆只能借节假日偶尔飞来看下孙子，平时总念叨着女儿呢。

女儿不在家，我就像飞出笼子的小鸟，下班之余忙着会好久不见的老朋友，看好久没看的电影，逛好久没逛的街，做好久就没做的美容，下好久没下的馆子⋯⋯，一晃两周过去了，才得闲约了先生去探望父母亲。一进家门，咦，怎么回事，冷冷清清的？但见父亲一个人在厨房忙着煮面条,再一看,母亲躺着卧室床上,脸色很不好,原来母亲生病了。我又心疼又难受,自责之余不禁埋怨父亲为啥要隐瞒病情。父亲还没开口,妈妈就抢着说道:"没啥大事打扰你们干吗呢,上班都挺忙的,我就是精神有点不好……"话音未落就被一阵剧烈的咳嗽给打断了。

回家的路上,我和先生心里都有些沉重,忽然先生打破了沉默:"要不过两天老人家身体好些,就把儿子提前接回来吧。"我生气了:"你什么意思?我爸妈都生病了,你还要把儿子带回来累他们啊?""不是,你听我说"先生耐心地解释着:"我是觉得大半年的,爸妈带着女儿这么辛苦都没事,怎么女儿一走就生病了呢?老人家都爱热闹,就怕孤单,平时忙忙碌碌日子过得还快……"

我一听,先生的话是有几分道理。次日去看父母亲时,试着说起把女儿接回来,"好啊好啊"妈妈连声应着,眼睛都亮了,不过她又迟疑了"你婆婆那边……",我先生说:"没事我妈要上班没时间照顾女儿,正说着要送回来。"父亲明显松了口气,也在旁说:"你妈这是得了相思病了,想女儿想的,天天念叨着,我都没好意思说!"

于是过两天,母亲身体逐渐好转后,找个周末我把女儿接了回来,父母亲又像陀螺似的忙了起来。看着父母亲和女儿祖孙同乐的温馨画面,我明白了"家是最甜蜜的负担"的含义。被人需要,虽然有时会带来压力和负担,但同时也会带来动力和价值。是的,亲爱的,被你需要也是一种幸福!

# 母亲的唠叨

九月，三岁的女儿开学了。清晨的家转眼成了忙碌的战场。我一边在厨房忙活着，一边趁着空隙，跑到女儿床边，叫"快起床，晚到老师要批评了"，一边推我先生，快帮女儿穿衣服，嘴里还唠叨着："晚上喊不睡，早上叫不醒"。这句熟悉的闽南话一说出口，我有片刻的愣怔，一阵忙乱，终于把小家伙按时送到了幼儿园，上班途中，回想起，多少年的多少个早上我就是被这一句闽南话催促起床的，这句话，外婆说过，妈妈说过，现在轮到我也开始说了。

小时候，寄养在外婆家，早上总喜欢跟外公去放牛，可以满山坡乱跑，可以采一把野花头上插，疯婆子似的。还可以四处摘虎莓等野果吃，更有那一路经过的邻居家，总会掏出点枇杷、龙眼、芭乐、炒花生、糖果子，烤红薯啥的往我手里塞，还没走出村子，口袋就装得满满的，所以早上的放牛时光是我一天中最盼望的。往往早上的睡眠是最幸福而又美好的，每天我即使醒了都赖在床上装睡不肯起来，但要是哪天外婆不叫我，醒来发现外公已经出门了，我可是要满地打滚哭闹撒泼的。所以每天早上外婆都要一次次的柔声催着："起床啦，牛儿饿啦，放牛去啰。外婆做了好吃的，快起来吃呀，唉，晚上喊不睡，早上叫不醒。"

上了学我回到妈妈的家，年少时总觉得睡不够，因此早上的睡眠分分钟都要尽力争取。几乎每一个早上，都是在母亲的"晚上喊不睡，早上叫不醒！"这样又抱怨又疼惜的话音中奋力睁开睡眼，然后叽咕着"再睡五分钟"往温暖的被窝更深处钻。母亲一边做饭一边跑进卧室催促"怎么还没起床，快快快！"在母亲已经生气扯高的嗓门里我无奈的起了床，觉得母亲的催促声是那么的让人厌烦。

这样的叫早一直延续到大学毕业后，那时我在厦门上班，周末每每都要回老家，吃吃喝喝，赖到周一早上才赶回厦门。于是每到周一一早，我妈早早准备好早餐，就开始催我起床："起来起来，迟到了，晚上喊不睡，早上叫不醒，你呀，长这么大了还没变"在她的唠叨声中我闭目拖延一分钟算一分钟，偶尔睁眼瞄瞄手表，直到真的不能再拖了，才一跃而起迅速穿衣洗漱，然后抓起等早点一个箭步出门赶车去（为多点睡眠时间，我强烈要求早餐改成面包牛奶）。

原来天底下母亲的心都一样呵，好笑的是，如今做了母亲的我，不仅和外婆、母亲说着当年同样的话，还保持着和他们一样的习惯，那就是故意把时间说快一些，制造着空气中的紧迫感，让女儿动作更快些。日日我催着女儿起床，女儿有时也一脸的厌烦，一如当年的我。也终于知道了，任凭年少再辉煌的梦想再不羁的心，做了母亲后，就有了责任感，就会自然而然进入这样一种脚踏实地的、平凡的绵延的轮回里，不知疲倦，日子就是这么一天天过下去。

辑五 归来

# 臭妞二三事

时间过得很快,女儿妞妞转眼9个月了,笨笨的她还不会爬。奶奶急了,整天念叨"7坐8爬9发牙"呀,怎么回事?我也有点心慌慌,没事就拿个玩具在她面前哄着:快爬快爬。可妞妞呢,最多就趴在床上,矜持地看看,或者把手伸出来示意要拿玩具,怎么就是不会爬,急死人了。

妞妞快10个月时,有天家里来了个客人,是长期定居台湾的大叔。大叔长得五大三粗,络腮胡子,嗓门洪亮,庞大的身体往沙发一坐,沙发深深陷了进去。妞妞原本坐在地上的爬行垫上,一个人正专心致志地啃着玩具,可能是被大叔公吓到了,先是"哇"的一声放声大哭,然后哧溜一下子爬到妈妈身边,动作可快了,把正忙着招呼客人的大家给吓一跳。原来你会爬啊!全家人都惊喜地笑了。

于是妞妞总算开启了她的爬行生涯,真不容易。

妞妞11个月时,一次保姆休息,先生恰好有事外出。我一个人忙得不可开交,刚喂完妞妞牛奶,进去厨房洗了下围嘴和奶瓶,出来一看我差点没昏过去,妞妞已经就地拉了一陀大便,这就算了,可怕的是她还拿起大便里未消化的胡萝卜渣在玩,因为是夏天,妞妞穿着短裤背心,衣服、手臂、双腿到处沾了一身便便。是可忍孰不可忍，我立刻抓起妞妞到卫生间，拿了淋浴头直接冲洗，妞妞哪见过这种洗澡架势？平时都是坐在浴盆用勺子一勺勺浇水洗的，她一下子嚎起来，边嚎还边用力挣扎。等伺候她洗好澡，我已经大半身湿透，不知道是汗水还是洗澡水。

好容易帮妞妞换好衣服，刚坐下来缓口气，我忽然想起，不知道妞妞刚才有没把胡萝卜渣放进嘴巴里，按照妞妞平时抓哪啃哪的习惯，这个绝对有可能！想到这，我又神经质地迅速站了起来，拼命掰开妞妞嘴巴看，刚平静下来还在抽抽噎噎的妞妞又被吓得再次嚎了起来。

生日抓周了，财迷妈妈我先把银行卡放在最靠近妞妞的位置，满怀希望地看着妞妞。妞妞对银行卡根本看不都看一眼，先是拿起字典翻了翻，然后抓起笔就不肯放下了，拿着笔逐一敲其他物品，最后干脆吃起笔来。保姆急了，赶紧拿着印章往妞妞手里塞："快拿着，长大好当官！"当妈的愁了："看来长大是个女文青，到时可别整天风花雪月酸溜溜的呀。"好友安慰我："说不定以后是个签单高手呢！"其实这些都是玩笑话，名利神马都是浮云，当妈最大的心愿就是妞妞能健康平安快乐地长大！

# 邻家小妹

邻家小妹名叫婉清，人如其名，清汤挂面的刘海下，一双清澈的眼睛，说话轻声细语，细长的手脚，走路轻轻的，像一杯清水。

婉清是我母亲的学生，一次我忘了带家里钥匙，去母亲班级找她，那时小镇学校管理还没那么严格，我在教室后面等，刚好母亲提问，没人举手，母亲就叫了婉清，她站起来，低着头红着脸，用轻轻细细的声音说出正确的答案。

婉清的母亲阿秀却是个性格泼辣大大咧咧的妇女，一次和母亲在路上碰到她们母女，老远她就扯着嗓门打招呼，近了没等我母亲开口，她就扯着嗓门说："来来来，让你老师评评理，你这臭丫头，这么瘦还减肥，早上光吃咸橄榄配稀饭，存心要气死我……"婉清满脸通红，躲在阿秀身后拼命扯她的衣服，阿秀不管不顾继续嚷嚷，婉清气得咬着嘴唇，快走两步先离开了。

搬家后，和婉清也失去联系，那天在街头偶遇，她喊着我的名字，我一下子没认出来。快十年时间没见，女大十八变，婉清出落得更加清丽，性格也开朗很多，看到我兴奋不已，交谈下知道她已是大二学生，最后我们相互留了电话号码。

六一节前夕，她给我发了短信，大意是难忘上小学时过的儿童节，简单而有意义，让我转达对我母亲的问候（彼时我已结婚，不再和母亲同住）。我很感动，回拨电话聊了几句，随口问她最近可好。谁知她一下子就哭了，说不好，为什么人长大了会有那么多烦恼，特别怀念儿时无忧无虑的生活。原来婉清恋爱了，男朋友高大阳光，可是最近好像喜欢上了别人，怎么办呢？

呵为情所困，小女孩总是这样，对我这样日日忙碌于家庭、工作，上有老下有小，蜡烛两头烧的中年妇女来说，觉得事事艰难惟有情字最简单，再痛再深的感情过段时间不过是过眼云烟。于是我说，很简单，如果你很爱他，就施展你的魅力挽回他的心；如果你不够爱他，不如就放弃吧，天涯何处无芳草。这样轻描淡写地开解了几句，她默默地听着，偶尔几声抽噎，最后婉清说，让她自己再想想，现在心里乱糟糟的，过两天给我电话。

后来婉清一直都没给我电话，不知道她找到了答案没有。

现在我坐在电脑前，一岁的女儿在客厅玩耍，不时发出娇憨的声音。我想着婉清这样单纯美好的女孩子，想着我的纯洁稚嫩的小女儿，在父母的呵护下她们一步步地长大，难免会遇到伤害、背叛，生活的悲喜剧总会如期上演。她们会经历什么，也会慢慢变成像我这样的中年人，木然、冷漠、见怪不怪吗？我有些心疼、有些害怕。

女孩都这样长大。

辑五 归来

# 家有潮妈

　　母亲只有小学文化，后来读了函授，成了中专生，但文化程度一直不高，却极爱赶时代的潮流。

　　记得幼时父亲在外地教书，只有逢到寒暑假才能回家。母亲只身一人拉扯姐姐和我，里里外外忙得像颗陀螺。后来母亲调到城里的学校，经济条件总算有所好转，家里存了些钱后，母亲的第一件事就是安装电话。当时我家装的还是分机，6位号码，就是往外打需要人工对接线员说"我要打外线"那种，装机费一千多。那时家里有装电话的很少，我家的电话平时也都没人打，每次铃声响起，我们知道是父亲打来的，仿佛家里的节日一般，都围在电话旁争先抢电话挺，电话成了父亲和我们的联系枢纽。退休后父亲有次感叹到，他当时在山区教书，清贫寂寞漫长的日子里，最大的慰藉就是和我们通上电话。

　　经过一番努力，父亲调了回来，一家人团聚不久，姐姐考入上海的一所大学，母亲的牵挂也一路到了上海。送姐姐上火车时，母亲千叮咛万叮嘱，让姐姐务必每个周末要打一次电话回家。那一年的五月，姐姐班里开篝火晚会，忘了打电话，母亲失魂般守着电话，一夜未眠。儿行千里母担忧，母亲咬咬牙，给姐姐配了当时还极少见的BP机。四年后姐姐毕业留在了上海，母亲的心，就此被掰成了两瓣。姐姐明白母亲的心思，工作后第一笔工资就买了手机，随时可以和母亲千里连音。而我，虽然大学就在老家就读，可毕业后我随先生到他的故乡——厦门工作，从此母亲又多了一份牵肠挂肚。这时的母亲活到老学到老，带上老花镜，开始学习电脑、打字、上网，用MSN、视频和我通话聊天。

最近母亲又在探听可视电话怎么用，母亲、姐姐和我三地的城市是否有开通此项业务这些事儿，我知道母亲的心又活络起来了。我虽然自认孝顺，可有时也很难理解，平时节衣缩食的母亲，吃的穿的方面极其抠门，却把大把钱都花在这些现代通讯工具上，何况平时家里也没啥大事，日日电话里说的不过是些家常里短，嘘寒问暖的闲话，有必要吗？直到我自己有了小孩，才慢慢懂得做母亲的心。那次回家，看到母亲曳着电线，双手握着听筒，正跟千里之外的姐姐一家短话长说，那俯着身子全神贯注的姿态，让我顿然领悟，不禁联想起余光中那篇《日不落家》写的也是这样一幅情景，作者感叹："这不是母女连心，一线密语的习惯吗，不过以前是用脐带向体内腹语，而现在，是用电缆向海外传音。如同最初，母体用胎盘向新生命出送营养和氧气。"是啊，天下的母亲何其相似！亲情不已，通讯不断，潮人母亲就是通过这种方式，传达着她的永不枯竭的爱意。

# 辑六 意象
YIXIANG

自淡赭色的黎明起身，薇孜明白了。现代女子最大的寄托是上班，而非婚姻。小小一间办公室，尽可以拼事业，搞政治，或勾心斗角流言蜚语，热闹无比。同事日日相见，甚至比夫妻相处的时间长。夫妻相处久了难免会失聪、失明，回家分别对牢电视和报纸，一个晚上交谈不过两三句，对彼此的新发型熟视无睹。在办公室你说再多废话也不用担心没有听众，穿件新衣服必有人赞美、嫉妒或挑剔，多有满足感。所以万万不可退休。

# 花 痕

## 与君既相逢

高中毕业后她考入北京一所知名大学，在南方的小城生活了十八年，第一次出远门，父母亲极不放心，早早联系好在京工作的表姐接她。

八月的阳光犹带炙人热度。出了火车站，她刚眯起眼睛，打量着这个陌生的都市，忽然感觉后面有人猛的撞了她一下，再飞快地从她身边跑了出去。她一愣，条件反射地检查背包，果然发现钱包不翼而飞。"抓小偷！"她大叫，说时迟那时快，旁边一位戴着副眼睛的男子奋力追上去，一把揪住小偷，把他打翻在地，抢回钱包。要知道钱包里还有去学校报到的各种手续呢。她感激之余，仔细端详，只见他浓眉大眼肌肤黝黑，运动员健壮的体格里却透着文人儒雅的气质，奇妙的组合。他看着她大包小包的行李，关心地问："有人来接你吗？"对了，表姐！她拍拍脑袋，赶紧拿出手机给表姐打电话，"嘀……"不料他手机同时响起，他低头一看，笑了起来："你是阿欣吧？"真是无巧不成书，原来他就是表姐夫。因为表姐临时公司有事，便叫他来接她。

大学生活单纯至极，周一至周五上课、晚自习，周末两天她就去表姐家蹭饭，改善伙食。表姐大她8岁，小时候就极疼她，高中毕业考入北大，毕业后留京工作。北京城太大，学校离表姐家有点距离，得转三次车，交通不太方便。表姐夫如正巧有空，都会绕道去接她，那是她最快乐的一段时光。与表姐夫接触多了，她愈发觉得他是一个现代版好男人。表姐夫是一家国际公司的销售总监，还是个游泳健将。他安静时是举重若轻模样，笑起来两颊酒窝却如泉眼深深绽开，孩子般毫无机心。更难得的是表姐夫还烧得一手好菜。将来要是能嫁给这样的男人多好啊，不知什么时候起，她开始日日为他朝思暮想，满心是甜蜜的忧伤。难道她爱上表姐夫？她被自己的想法骇住了。可无论怎样压抑，年少的爱是青青河上草，只一味在心底固执地生长。

## 心有千千结

表姐夫待她如小妹，一种有分寸有距离的亲切。那天表姐夫照例去接她，他握着方向盘的手沉着有力，他专注的侧面英挺宽厚，令人迷醉。真希望这条路不要停呀，就这么一直意乱情迷下去，别的她什么都不要。表姐夫那天也特别安静，仿佛是为了打破沉默似的，他们不约而同地伸手去开CD开关，手碰在一起，都触电般地往回缩。她不知哪来的勇气，脱口而出："姐夫，我……我好辛苦。"她的声音低沉、压抑，每个字都像从地底下挣扎出来般艰难。表姐夫缓缓地说："我明白"。呵，原来他明白她的苦！她眼底眉梢的情意他不会不懂，顷刻间她泪如雨下，不能自抑。"阿欣，你还小，跟异性接触太少。你把我想象得太完美，然后再喜欢上自己一手创造的偶像。长大你就会知道，这种青春期的迷恋很可笑，

辑六　意象

你是个美丽的好女孩，以后你会遇到很多很好的男孩子。"表姐夫非常温和、非常温和地说道。她似懂非懂，仰起头："抱抱我，好吗？"姐夫用什么都明白的怜惜眼神看她，摇摇头，把车停在路边，伸出一只手握住她的手。表姐夫的手宽阔温暖，空气中似乎有火焰哗哗啪啪作响，她只觉大脑空白，一阵眩晕。

　　不知过了多久，暮色悄然暗合，她冰冷的手渐渐有了温度。表姐夫等她擦干眼泪，平静下来，便启动车子。进了家门，饭桌上已摆好了菜肴，杯碗盘盏，罗列如画。表姐是典型的都市白领，平时难得下厨，只有周末才会洗手做羹汤。表姐不解地问："怎么这么晚？"她转向表姐夫："我打到你办公室，同事说你早走了。"表姐夫说："没事，车出了点故障。"她低着头，只觉脸烫得厉害。表姐略带诧异地看了她一眼，轻声说："赶快收拾一下，准备吃饭"，说完转身进了厨房。她不敢再看姐夫一眼，躲进卫生间。看见镜子里的自己两颊绯红，杏眼略带红肿，赶紧用手掬水，拍在发烫的脸上，一颗心只觉怦怦地跳。

　　饭桌上，表姐有意无意地问起："阿欣，学校里有男孩子追你吗？""没有啦"。她强让自己挂起一丝微笑，那些青涩的小男生哪一点能跟姐夫比！"嗯，"表姐有点踌躇："平时多跟同学出去玩，老跟我们这些阿姨叔叔级的在一起，朝气都整没了！"她没再说话，只是低头吃饭。室内这样静，迷离夜色被厚重的窗帘挡在窗外，黑白大理石餐桌清晰映出她的清丽面容，自觉无遮无挡，无所遁形。

　　转眼又过一个星期，周末她心里有愧，没去表姐家，独自躺在床上辗转反侧。忘了他，忘了他！无人的宿舍像一滩死水，她是濒死的鱼儿艰难地喘气，心内百般挣扎，不知如何解脱。傍晚舍友回来了，欢声笑语一片，看到她在都有点意外。原来她们明天和联谊男生宿舍约好去凤凰岭爬山，今天去采购野餐的物品。舍友得知她

- 215 -

明天没事，便叫她一起去。联谊男生宿舍？她竟不知此事。是啊，这些天她只顾编织情网，作茧自缚，哪有空理会其他。

## 东风夜放花千树

　　时值4月，春草已经长得很浓了，空气中沁着幽香，闻之熏然欲醉。薄凉如丝的风，挟着时断时时续的雨，流苏般细密。山桃花、杏花、海棠次第开放，熙熙攘攘挤了一山，像一串串晶莹透明的梦。大伙儿说说笑笑，一边往上爬。其中一个叫尔东的男孩子，眼神特别明亮，笑容特别灿烂，她侧对着他，分明感觉他的目光，如雨丝斜披而来，牵扯不断。是心神不宁的缘故吧，爬得半山腰时她不留神摔了一跤，腿上的皮擦了很深的口子，血从伤口汩汩渗了出来，像她心上的那个伤口。尔东满脸焦急，毫不犹豫地背着她一路飞奔下山，到了医院，护士不禁惊叫："怎么流这么多血！"伤口很痛，她蜷在长椅上，死命揪着他的衣角，似乎抓住了唯一的依靠。尔东口中一叠声地喃喃："没事，别怕。没事，别怕。"他竟比她还紧张呢，她一抬头，正与他温柔的眼睛相遇，慌乱地低下头，心却如百合花一瓣一瓣地绽放。

　　伤口包扎好后，在舍友的陪伴下，尔东背她上了七楼的宿舍，累得满头大汗。接下来的那个周末，他不时托舍友送来水果和鲜花。宿舍的姐妹们整天拿这事打趣，说阿欣真厉害，摔跤都能摔出个男朋友来！

　　腿伤使她在床上躺了整整一星期。白天舍友都去上课，她独自听着时钟在耳边滴答滴答地走动，惊觉青春短暂韶华易逝，难道她就这么自艾自怜蹉跎下去，只为一场无望的暗恋？她幡然醒悟，自此心怀大开，开始努力学习，准备考些证书，以做将来安身立命之本。表姐打来电话，声音里有压抑不住的担心，得知她如此好学后很是欣慰。

尔东是个细心上进的好男孩，得知她的想法很是赞成。他们一起买参考书、找复习资料，赶赴各个考场，日子紧张有序，共同的步调使他们渐渐难舍难分，感情日增。考试之余，他们相约在运动场上挥汗如雨，浅绿色的网球左右翻飞；去玉渊潭公园赏樱花，看那一天一地粉红的雪；在冷极刺骨的冬日打雪球，奔跑跳跃；在食堂改造的简易舞池，舞步轻轻飞扬；排几个小时的队去参加刘德华演唱会，喊哑了嗓子；说些恋爱的人才会说的傻话，百说不腻……爱情初来，如火如荼。阳光下的爱真好，健康、甜蜜。没有暗夜辗转的眼泪，没有惴惴不安的愧疚。她少去表姐家了，谈恋爱的人哪有空呀，层出不穷的约会节目，偶尔还要吵吵小架，忙着呢。年岁渐长，人事渐懂，她开始理解那天表姐夫在车上说的那番话。十几岁少女的怀春情怀，那些朦胧的感觉还不足以称作"爱"，只是当时少不更事的心自以为是。

毕业后她和尔东都找了个不错的工作，现在两人天天计划着存钱买房、结婚。表姐的女儿已一岁多，粉雕玉琢的一个小人儿，很粘她。一见面就欢天喜地地扑过来，嘴里一叠声地叫着："姨，抱抱"，就像小时侯她粘表姐那样，表姐夫和尔东在一旁爱怜地笑着。

青春年少的那段暗恋已是一场风清云淡的旧梦，是她和表姐夫共同拥有的一个秘密。流光飞舞中，一个女孩子在蓬勃地生长。偶尔回首，当年的少女情怀已长出了美丽花朵，惟其太过单纯、短暂、更因为隔着现实的深壑，带着些许遗憾，反而散发着更加馥郁的香气，在岁月深处暗暗浮动。

# 梨里的光阴

## （一）

那时她在一家国企印刷厂上班,她是厂里的一枝花,齐耳的短发花苞般拢在耳际,朴素的白衣黑裤掩不住她清丽的容貌和脱俗气质。厂里很多男青年都喜欢她,也包括陆之航,陆之航只是一名普通业务员,常年一件灰色的宽大外套,套在高大瘦削的身体上愈发显得长身玉立。陆之航自觉配不上她,只默默地对她好。知道她是易上火体质最爱吃梨子,陆之航便经常趁无人注意,偷偷在她办公桌放上一粒大鸭梨,那鸭梨表皮青绿外形饱满,似他晶莹剔透的心。

一天临近下班,心急的几个工友早已收拾物品陆续离开了,陆之航溜到她办公室,左右看看没人,迅速从口袋里掏出梨子,用手帕细心地擦了擦,放在桌子上。一转身,却看到她站在门口:"是你……"六个圆点之后,是万语千言,欲说还羞。冬天日短,彼时天色已晚,她娇美的身影像玉石般暗暗发光,微酡的脸颊上是俏皮、了然、惊喜的笑。

就这样他们恋爱了。

陆之航无须再偷偷送她梨子了,改在约会见面时候给她。她要分他吃时,他总是紧张地连连摇手:"不行,咱俩可不能分梨(离)。"她知道其实是他舍不得吃。陆之航帮她削去青绿的果皮,露出晶莹如白雪的果肉，她小口小口吃着脆嫩多汁的梨子，心跟蜜一样甜。陆之航牵着她，两只交缠的手指在黑暗中缠绵成一朵优美的莲花。

他们顺理成章地结婚了，陆之航下班后都会去接她，骑着自行车载她去买菜，不过是些青菜豆腐。到了水果摊，陆之航要买梨子，她阻止了，转一旁挑了些次等的烂梨子，有的皮已发皱，有的甚至已经出现烂点。面对他疼惜的目光，她笑笑："烂梨好，烂梨降火。"

陆之航常年在外跑业务，虚火上升口干唇裂，她心疼他辛苦，每次回来都细心地削好梨子，殷勤地送到他嘴边。夏夜常有明月悬挂中天，挤在阳台的一张滕椅上，他搂着她说着一天的见闻。谁说"贫贱夫妻百事哀"？日子虽然清苦了点，可他们的小窝里满溢着无尽的蜜意浓情。

## （二）

一年后，孩子出生了，是粉雕玉琢的女孩，天使般可爱。开闸放水般，家里的开支骤然增加，还好陆之航凭借出色的业务能力，慢慢升至业务经理，接着是经营副厂长、总经理，一路平步青云。家里经济好转了，陆之航却开始像陀螺般忙碌起来，回家的时间越来越晚，往往和她讲不了几句话，便疲惫地倒在沙发上打起了呼噜。她独自操持家务，孝敬老人，照顾孩子，日日有忙不完的事儿，只觉得时间过得快，直到女儿考上外地的大学后，才发现家里骤然冷清下来。她怀念以前的小房子，充满着欢声笑语和家的温暖气息。晚上常一个人看电视看得睡了过去，手里兀自拿着咬了两口的半个梨子。说到梨子，陆之航现在早已提不起兴趣，只是懒懒地说："炖燕窝吃嘛，美容又降火。"

陆之航对她还是好，怕她寂寞特意买了一对黑枕黄鹂鸟给她解闷，工资月月上缴，每年结婚纪念日都会买珠宝送她，钻石、玉镯、红宝石……每年一样，陆之航说是要弥补当年结婚买不起戒指的遗憾。她只是笑笑收下，回头便放进保险箱，陆之航日日早出晚归，这些首饰又能戴给谁看呢？

一日陆之航喝得醉醺醺的回来，脚步凌乱，一身酒气。她掩着鼻子扶着他进了卧室，他一头倒在床上。她帮他脱了外套和鞋子，正准备解开西裤，这时陆之航腰带上系的手机"嘀嘀"响了。这么晚了还会有谁给他发短信？她一时好奇，按下手机键："到家了吗？今夜会不会梦到我呀？才刚分开我就开始想你了……"署名是"倩"，她如遭电击，颤抖的手指继续往下按，更多肉麻火热的语言跃入眼帘，够了！她扔掉手机，一下子瘫软在床边的地毯上。

床边铺着的那块波斯地毯，还是他们结婚后买的第一件奢侈品，整块纯白的毛，象征他俩无暇的爱情。他们曾坐在地毯上互相喂梨子吃，也曾在地毯上嬉闹打滚……那是多久之前的事呢？夜静悄悄的，陆之航睡得很香，胸膛一起一伏，呼吸平稳，丝毫不知她焚心似火。比起青年时期，陆之航现在膀大腰圆，眼神坚定，说话也响亮有力，有些男人的魅力是从中年开始的。她想，陆之航真的负她了吗？

不知过了多久，最后她迷迷糊糊地睡了过去。

### （三）

她在黄鹂的婉转啼声中醒了过来，醒来也只听见黄鹂的婉转啼声，陆之航已经走了。晨光透过厚重的窗帘斜洒在被子上，她明明双眼肿痛难忍，却用力一拉窗帘，亮丽的阳光千丝万缕地涌进来，眼睛受到强烈刺激，泪水不禁涌了出来。是的，她需要的正是这种自虐般刺痛的清醒。

下班时分，她租了部的士，在陆之航办公楼下静静等候。远远地看到陆之航下了楼，启动黑色奥迪车子，她示意的士司机跟了过去。车往城东方向行驶，那不是他们家的方向。到了玉兰大厦，一个打扮得花枝招展的年轻女子上了陆之航的车。车子继续前行，她的心渐渐、渐渐地沉了下去。

到了大富豪酒楼，陆之航和那女子一起下了车，那女子娇笑地迎了过去，伸手勾着他的胳膊，两人进了大堂。她很平静地打发了的士司机，下了车，一步步跟了上去。在电梯前，她唤住陆之航。看到她意外出现，陆之航错愕不已，一时手足无措。她定定地看着陆之航，依旧秀美精致的脸颊是一副伤心欲绝的神情，转身就走。

陆之航急急地跟了出来，语无伦次地解释着，说那女子只是厂里的一个供应商，对他主动热情，结果他一时抗拒不了诱惑才……她停了下来，只是静静地瞅着他，平时温柔的眼睛现在冷漠得像一汪幽深的泉水，他不敢再说，眼睁睁看着她走远。

当天晚上，陆之航回到家，看到她的东西已搬到女儿客房，客厅放着她要求离婚的字条。陆之航坚决不同意，可不管他如何苦苦哀求，她只是一味沉默，她的心是尊贵的玉不容侵犯，已无法再接受他。

## （四）

世事难料，两人正僵持间，风云突变。那天晚上，陆之航坐在客厅沙发上，一台台机械地转换着电视频道。她忙完家务，转身进了女儿房门，静静地看着书，忽然听到门铃响，接着是陆之航开门的声响，然后是几个陌生人的声音。她疑惑地打开房门，不禁愕然：区检察院数名检察官就站在门外，手持着一张传唤证。检察官告诉他们：有人举报陆之航受贿，要对他进行调查！静夜里这样突如其来的场景令她不寒而栗，没想到看似平和的周围世界暗潜叵测与危险。像是寻求温暖般，她不禁往陆之航身旁靠了靠，见惯了大场面的陆之航倒是镇定，很有风度地表示愿意积极配合，彬彬有礼地送检查官离去。

在检察院立案侦查的那段日子，印刷厂随即对陆之航作出停止工作、停发工资、等候处理的"两停一等"决定。一夜之间，他身上的光环似乎都脱落了，很多同事朋友都有意无意地疏远，那段时间他非常消沉，只有她不离不弃。"查查也好，等结果一出来不就证明咱们是被诬陷的了吗？"她柔声安慰他。他热切又不无愧疚地凝视着她："我只是很担心你……"她微笑地摇摇头，二十年的夫妻，她相信他。空闲的时间骤然多了起来，在她的鼓励下，他索性趁此时间潜心看书、下棋，下午则开车去接她下班，买菜做饭，宛如新婚般甜蜜。闲来无事他会榨梨汁给她喝，梨汁温润如玉，清香不绝如缕。家像一叶温馨的小舟，载着他们驶出现实生活的洋面，她的心一点点地被软化了。

历时半年多的调查，检察机关确认陆之航并没受贿，遂做出撤销此案的决定。

只是一场虚惊。

（五）

听到这个消息，他们相拥而泣，她哭得一塌糊涂。陆之航死命地搂着她，她的头紧贴着他的胸——他多久没有拥抱她了？这拥抱里有喜悦、有感激、有愧疚、还有浓浓的感情。

随着陆之航的官复原职，一切似乎恢复了原样，不，生活还是起了些小变化。经此一劫，陆之航心态大改，每日下班准时回来——除了必要的应酬。她进厨房洗手做羹汤，陆之航在阳台悠闲地浇浇花，喂喂鸟，和俗世里其他夫妻没啥两样。生活已翻开新的一页，过去的事谁还去追究呢？

落日拖着长长的余辉，照着茶几上那盘新疆香梨，隔壁是谁在依依哑哑地唱："人立小亭深院，炷尽沉烟，抛残绣线，怎今春关情似去年？"

# 冰淇淋是糖 甜到忧伤

（一）

从家里挣脱老妈的手跑了出来，已是晚上八点多钟。

大二放假没两天，就和爸妈大吵了一顿。我现在满肚子愤愤不平，一定不住家里了，可能去哪呢？街上人头攒动，夜风吹拂着发烫的脸颊，我的脑子忽然灵光一现，对了，去白羽姐家。小时候她和我同住在省政府大院里，现在一个人住在两房一厅的单位宿舍。

"又跟阿姨闹矛盾啦？"看到我的神情，白羽马上笑吟吟地说。

"是啊！"我的嘴巴撅得高高的，"他们老限制我的交友自由，家里有电话找我，总是问这问我那，我都上大学了，他们还这样，好烦！""叔叔阿姨也是关心你呀，方式可能不太合适，可你要理解他们。"白羽一边轻声细语地说着，一边从冰箱里拿出冰淇淋："给，听说吃冰淇淋可以活跃大脑的快乐区域，心情就会变好哦！"

我大口大口地吃着，刚才的烦恼早抛到九霄云外。白羽叹了口气，随后问我现在打算怎么办？"我不管，好姐姐你一定得收留我，还得帮我找个勤工俭学的单位！"我死皮赖脸地说。

白羽含笑摇头："我的大小姐，你还怕找不到打工的单位？就凭你……"

我气嘟嘟地打断她的话:"少提他们了,从今天开始,我要靠我自己的双手,艰苦奋斗,闯出一片新天地!"白羽沉吟片刻:"我倒是有个同学,叫江涛,开了家广告公司,正需要业务员呢!"

"真的?"我喜出望外,连忙催着她联系。白羽拗不过我,拨通电话,说了几句,就把电话递给我。

电话那头传来的是个低沉带磁性的男性声音,好听得令我不由安静起来。他简单问了我两句,就叫我次日去公司报到。

折腾了一个晚上有点累了,洗完澡换上白羽的睡衣,我便迷迷糊糊地睡了过去。隐隐约约听到白羽在打电话,声音压得低低的:"阿姨,筱霁在我这里。放心吧,我会照顾好她的。"

一夜无梦。

一切都晶莹剔透地闪烁着,蒙着一层水蓝色的光晕,如酒一样柔醇。到了楼下互道再见,他忽然搂住我,在我脸颊亲了一下,刹那间我只觉天旋地转呼吸困难。"你真美"江涛在我耳际叹息着,意乱情迷中我听到自己呐呐的声音:"我美吗?"我以为美女都该是婀娜多姿风情万种,皮肤吹弹可破。可江涛极其肯定地告诉我,我的美天然去雕饰,是青春无敌的另一种美。可那天那个女孩呢?我吞吞吐吐地问起,江涛轻描淡写地笑了,说那只是个老同学。我顿时释然,难怪后来那女孩再没来过公司呢。

(二)

我们的事江涛说要避开同事比较好,嗯,我连连点头,反正他说什么都是对的。

该怎么形容我的快乐呢?惯常的,总是我先下班,在街的转弯处等他。江涛自街对面而来,远远看到我,高高挥动手臂。正值下班高峰期,车流川急,他左顾右盼地过马路,却在每部车的间隙,对我热烈的微笑。风穿越他,他穿越人群,剩下爱慕,在我刚启蒙的感情世界里萌发起来,不动声色地驻扎,并迅速弥漫。我满足地想,他的笑只给我一个人。

去餐厅点菜,我很专横:"我要吃这个那个。不行不行,不准再点酸辣鱼,你这两天喉咙痛还没好呢!"如此理直气壮,如我常见的,老妈对老爸的口吻。

饭后节目呢?"你安排嘛。"那时我又变成一个温顺的小姑娘。我保证,老爸老妈要是看到我现在这副低眉顺眼含羞带怯模样肯定会大跌眼镜。

去海边散步,江涛说:"拜托,你真重耶……"然后驮着我,走完长长海岸线,在沙滩留下一长串脚印。

携手月下同行。江涛凝视我的眼神格外动人。一次他兴之所至,一把扛我在肩旋转,只见月华、星光、夜灯轮番在眼前交织辉映,微微的眩晕阵阵袭来,我不由笑呼出声。

恋爱中的人总是容光焕发,爱恋飞翔的日子,两颗心互相吸引,为之温暖和燃烧,一路迷醉。我开始穿绕踝的碎花裙,准备蓄长发。那天和江涛在楼下吻别后,我蹦蹦跳跳地进了房门。白羽正在灯下看书,随口问我:"什么事这么开心?"我快乐地大声宣布:"我恋爱了!"白羽有些愕然:"跟谁?""江涛。"我甜蜜地说出他的名字。不料白羽脸色大变:"不会吧,他不行!""为什么?"还以为白羽会祝福我呢,江涛是多么优秀的一个人。"筱霁,你还小,应该专心学业。"我不高兴了,怎么和老妈说话同一个调!那天晚上我和白羽再没有说话。

(三)

早上一觉起来,白羽的房门还关着,我咬着嘴唇,闷闷不乐去上班。临近开学，母亲频频打电话催我回去，我本来昨晚想跟白羽说的。索性今天先向江涛辞职吧，反正和他照样可以每天见面的。谁料上班不久，江涛接了个电话就急匆匆地出去，顾不上看我一眼。我转念一想，不如先回去整理物品。

说走就走，夏日炎炎，刺目的阳光照着街边梧桐树，透过树叶的光线在树阴里投射出了点点斑驳，我顺道买了一大桶白羽喜欢的香草冰淇淋。铁门后的木门虚掩着，白羽在家？我刚准备敲门，听到白羽激动的声音："你明明不爱筱霁，为什么要去惹她？她还只是个单纯的孩子！你和晓珍不是春节就要结婚吗？你这样做，对得起晓珍吗？"

"白羽，我承认，我是个卑鄙的小人。我对不起晓珍，这辈子我最爱的女人永远是她！你骂我打我都可以，可这是个机会，我绝对不能放过。要知道筱霁很喜欢我，不是每个女孩都能像她有个当省委书记的老爸！"那声音就是淹没在千万人之中，我仍然可以毫不费力地分辨出来，是江涛！

不知不觉我流了满脸窒息的泪，购物袋从手中滑落下去，已经开始融化的冰淇淋溅落一地，似我破碎无法收拾的心。我只觉得浑身打颤，脑袋一片混乱，四周的吵闹声如水般退去。迷迷糊糊地我捡起冰淇淋，推开房门，看到江涛的脸色刹那间灰败如纸，还有白羽担心焦急的面容。我把冰淇淋盒对准江涛的脸，狠狠地砸了过去，就这么埋葬了我的初恋……

## 春天的故事

**春天是书写传奇的季节！**

集美大学 1902 号宿舍里，阿莫大声感叹着。阿莫是长我一级的舍友，他家境好，长得又高又帅，迷倒不少女孩子。所以他常摆出一副过来人的样子教育我，嘲笑我白长了一付好模样，却是情场上的炮灰，大三了还孤家寡人一个，其实我只是在等待一个能让我心动的女孩出现。

阿莫准备考研，因此在网上认识了厦门大学一位在读研究生，她有个很美丽的名字叫叶星语。据说是因为她母亲怀胎十月，梦到有颗星星撞入怀里，随即阵痛袭来，诞下一女，因此取名。阿莫要去找她拿些资料，见面地点就约在厦大，为表诚意他已事先在网上把照片发给她，叫我一起去。我说网络上本来就没有美女，何况会读书的女孩子都是恐龙，修到研究生级别的网虫更是超级恐龙了，不去不去。可阿莫说她主修日语，这句话正中我软肋，日语是我的第二外语，我常为大篇大篇的翻译作业头痛，听了喜出望外，一口答应下来。

**花是春的颜色，鸟是春的声音。**

厦大一派春意盎然，三三两两的学生川流不息。阿莫拨打了叶星语的电话，我则心不在焉地四处张望，比较集大和厦大哪边的美女更漂亮。十来分钟后,一个醒目女孩出现在视线里,她穿着一件白色V领无袖上衣,底下是亚麻色七分裤,浑身一股说不出的清爽。黑发又长又顺,简单扎成高高的一把马尾,随着轻快的走路节奏一晃一晃的,正是我喜欢的那种女孩。我的目光不由得被她吸引,正目不转睛时,她脸露笑容,向着我们迎面走来。阿莫很机灵,迎了上去:"是星语吗?"她点了点头。哇!我托了托眼镜,真没想到厦大还有这么美丽的研究生。

叶星语带我们去厦大食堂吃完饭,然后在校园里逛了一圈。年轻人很容易熟识,很快的我们便嘻嘻哈哈地打成一片。叶星语个头不高,愈发显得五官精致如象牙微雕,最可贵的是她似乎并未意识到自己的美貌,言谈举止如男孩般爽朗大方,说到开心处仰头而笑,神采飞扬。我透露了常为日语作业烦心的事,她爽快地一口应允,记下了我的QQ号码。

叶星语一星期只有四节课,有的是时间,常在网上挂着。她的头像是一只可爱的大星星,我便把头像改成了一块黑沉沉的天幕。"宝贝,这是为了配合你呀!"互称"宝贝"是QQ上常用的语言,可此刻我说出来却有种异样的感觉。叶星语回了过来:"小帅,你是个有心人哦!"我不解:"为何叫我小帅?""因为你是略有姿色的帅哥嘛,呵呵!"她发了个笑脸过来。闲聊中得知她空闲时间兼职做些翻译活儿,刚好我的日语老师手里有些活儿忙不开,我便通过老师介绍给她。一来二去,我们熟悉起来。

大学校园流行一句话:"大一女生是青梅,好看不好吃,大二女生是苹果,好看又好吃,大三女生是菠萝,好吃不好看,大四女生是番茄,你以为还是水果啊?"可叶星语是一个美丽的水果,一个大我三岁的苹果。和星语在一起,我只感到无缘无故的快活,我想我喜欢上叶星语了。

似明未明的辰光，若有若无的情意。

这样的日子我只觉得沉醉。时常独自一个人傻笑或发呆，或者突然想抓住谁大声倾诉，抑或骑着自行车在校园里呼啸而过，惹得路边的女同学大叫："疯子！"呵呵，她说得不错，我是疯了！我和叶星语的关系越来越密切，慢慢下去应该会顺理成章发展成情侣吧？我不无乐观地想着。

那天她说："小帅呀，我有两个在漳州读大学的好朋友，叫做陈乐和林北，他们这个周末过来厦门找我玩，一起出来玩吧？""好啊！"跟她在一起，我似乎永远只有说好的份儿。

春天的风是绿色的，带着薄荷的清凉。一大早我就到厦大，陈乐和林北还没来，星语便先带我去她宿舍休息。她宿舍在六楼，跟其他女生宿舍一样，楼下有管理人员把守。这是我第一次进她宿舍，房间摆设很简单，透着一股女孩子的幽香。除了满屋的日文书和桌上的电脑外，最显眼的就是床上那把吉他。我不由惊呼："你会弹吉它？"她笑笑，把吉他靠在膝盖上，随口问："说，想听什么歌？"我沉思片刻："张学友那首《一路上有你》，行吗？"叶星语没有回答，低下头去拨弄琴弦，优美的旋律瞬间从她葱尖般的手指流淌出来，行云流水，长长的睫毛在她白皙秀美的脸上投下重重阴影，那认真沉醉的神情和她往日嘻嘻哈哈的样子截然不同，说不出的迷人。我愣愣地听着，屏息静气。那一刻我想我完了，我已经无可救药地爱上了叶星语。

这时，星语的手机响起，陈乐和林北到了。我们四人相约去爬五老峰，走到山路崎岖处，我先上去，然后回过身向她伸出手，她不假思索地拉住我爬了上来。第一次拉女孩子的手，我只觉她的手滑腻无比，心"咚咚"地跳个不停，表面还是装得若无其事。到了山上，我们在茶馆里打"拖拉机"纸牌玩,我和星云是对家。输的人总得受点惩罚吧?这时陈乐突发奇想,提议输方必须得到路边随便逮个异性,大声表白:"我爱你",新奇的想法被大伙儿一致通过。

一圈下来我和星语输了,我们被陈乐和林北嘻笑着推出门,恰好一男一女手拉着手迎面走来,像是情侣,我们硬着头皮走上去。我张开嘴怎么也说不出口,还是星语爽朗,她大声说道:"我爱你",旁边的女孩神色大变,正欲发作,我赶紧解释一番后便拉着星语抱头逃窜,背后响起陈乐和林北欢快的笑声。呵,星语,我多希望刚才那个男孩是我!什么时候才能大声向你表白呢?

**爱一个人就是把晶莹的心捧出来,忐忑不安地等待对方的判决——生或者死。**

过了两天,我照常上网,和叶星语打情骂俏:"宝贝,干吗呢,陪哥哥聊聊吧?"自从她戏称我为稍具姿色的帅哥以后,我便以"哥哥"自居。她发了个苦脸过来,说宿舍的灯管坏了,管理人员说等到明天再换,她正发愁呢。我不动声色地说:"那你把门关上,早点睡吧",随后飞奔下楼,到宿舍管理员处借了工具,又冲到商店买了日光灯,坐车到了厦大。

清冷的月色无声泼洒着银辉,月下的校园看起来真像一幅泼墨山水画。晚风带着乍有乍无的微寒,我急急地快步走着,脸庞因兴奋而有些发烫。到了楼下,我看见六楼她的房间隐约有烛影闪烁,明明暗暗,便拨通了她电话。电话里她并没有我想象中的惊喜,倒像是有些意外。她下楼带我上去,静静地看着我忙碌,自始至终不发一语。"好了!"我拍拍手,跳下凳子,打开电源开关,室内顿时大放光明。灯光下她眸子深处满怀的忧伤无处遁形,我愣住了。隔着厚重得让人透不过气的沉寂,她忽然开口说:"我男朋友在新加坡,我可能很快就会离开厦门。"当时我正拿开蜡烛，听到此话傻住了，只是怔怔地站着，手里的蜡烛忘了吹灭，灼热的烛泪一滴滴地滑落下来，滴在我手上，却不觉得痛。

我不知道怎么下了楼，上了车，也不知道怎么回的宿舍。

**雨季来了。**

我仰起头忽然感觉到今年的第一滴雨。

接下来的日子里，我浑浑噩噩地照常上课、踢球，生活很平静，无人知我内心起起落落。我没有再和叶星语联系，开始隐身上网，常常一人对着 QQ 上她的图像看痴了去。

日子一天天流逝，天色逐渐转晴，雨季结束了。那天吃完晚饭，舍友们在一旁喧哗嬉闹，我置若罔闻，独自坐在宿舍窗台上，看着窗外那片海。灿烂的晚霞反映在远远的水天交接处，落日一点点地坠落，夜色一层层地笼了上来，稀疏的星子次第出现，一闪一闪地摄人心魄。一刹那，我的心仿佛被尖锐的利器准确刺中，痛得弯下腰去。就在那一刻，我意识到自己是那么无望而深切地想念着叶星语，她的巧笑倩兮，美目盼兮。星语星语，她在我心上留下了第一个伤口，令我隐隐发疼，是那种有了空洞的生疼，那空洞小得只有我自己知道，却大得没有一样东西可以填补。

五月，我收到叶星语发来的短信，说她已办好手续，过两天就去新加坡，向我告别。她说其实她也很喜欢我这个小弟弟，希望我过得开心。我的镜片模糊了，谢谢，这已足够，我微笑着输入"祝你幸福"，按下发送键后，永远地删除了她的号码。

迎面吹拂而来的风带着几分热意，凤凰木枝头红影初闹，春天的脚步远了。

# 夜未央　夜阑珊

　　来自北方的她生得美，一笑嘴角两个梨涡，自然吸引了不少爱慕者的眼光。

　　男朋友王子海是她大学同学，一位温厚的厦门男孩。大学校园单纯的环境是恋爱的天堂，年轻的爱是水晶，只要一点点阳光的照耀，就可以折射出瑰丽彩虹。她常骑在他那辆"宝马"后座上去兜风——其实只是一辆破自行车。他强健有力，双脚蹬得飞快，宽厚的后背有隐隐的汗湿，风儿把她的一头黑发吹得纷纷扬扬，她用手拢了拢，把头慢慢靠上去，飞扬任性的心忽然很觉得安定。在足球赛场上王子海却换了另一个人，纵横驰骋，是全场最耀眼的明星。"进球了！"一片欢呼声中，他兴奋地向她挥手，旁边的观众纷纷转身看她。她浅浅笑着，骄傲而矜持，似乎也成了众人瞩目的焦点。

　　毕业后，王子海通过父亲关系在厦门给她联系了一个体面的单位，同班同学还在为工作奔波烈日下时，她早已经穿着优雅的套装，清闲地在办公室里享受空调了。人生一帆风顺，任性的她反而有隐隐的失落感，生活太过平静，就是起点波澜也好啊！王子海并没注意到她的小心事，对她一如既往的好，处处依着她，宠她怜她如骄傲的公主，惟独在吃土笋冻这件事上。土笋冻是王子海的最爱，百吃不厌。他愿意陪她去任何地方、做任何事情、吃任何东西，只要她能答应他，偶尔和他一起去吃土笋冻。

土笋冻是厦门有名的一道小吃，采用的是一种长在海边沙子里名叫星虫的腔肠动物，身长二、三寸，灰头土脸儿，经过搓洗、熬煮，所含胶质溶入水中，冷却后即凝结而成。夏日的夜晚，华灯初上，道路两旁的凤凰木开成一个斑驳灿烂的花季。在吃完牛排套餐或汉堡后，她都撅着嘴，勉强和王子海去巷尾那家偏僻的小店。小店门口摆着一个玻璃的橱子，碗、碟、调料尽在其中，用沙布盖着。旁边的盆里铺着厚厚的冰，晶莹剔透，上面摆着章鱼和土笋冻。低着头进入窄窄的店门，在尺寸很袖珍的凳子上坐下来，店老板熟络地递上一份土笋冻。她每次都是别过头，固执地不肯吃一口，清丽秀美的脸上是近乎嫌恶的表情。她一向不喜欢土笋冻，觉得那些白白胖胖的"星虫"样子很恶心。王子海此时往往宽容地笑笑，笑出一口洁白的牙齿，低头快速吃完后，温柔地拉着她的手，继续在宁静的老街漫步。

日子在淡淡的相处中飞快逝去，她也以为人生大抵就是如此了，结婚、生子，一辈子安安稳稳，淡而无奇。

是越容易得到的东西越不珍惜吧，在一次蛮横无理的争执后，她照例任性地掉头就走，以为王子海会追上来，摸摸她的秀发，继续好脾气地道歉。可这次王子海却站在原地一动不动。骄傲如公主的她哪受得了如此怠慢，次日王子海打来电话赔罪时，她的口气高傲而冷淡。这个王子海，是该给他点苦头吃吃，冷淡他几天再说。可是如何打发今晚的时光呢？她黑漆漆的眼珠子转了转，打给另一个追求者阿荣。阿荣是在朋友的聚会上认识的，一个有钱的包工头，一看到她就大献殷勤。虽然她从没把他放在心上，戏称他为

"备用轮胎",但她还是很喜欢这种被追捧的感觉。

阿荣接到电话自然喜出望外,使出全身解数逗她开心。连续几晚她都和阿荣在一起,阿荣带她走入另外一种生活。或在酒吧、迪厅里尽情狂欢,迷离灯影中莺歌燕舞的场面让她目眩神迷;或在酒店顶层的旋转餐厅相拥而舞,奢华的场景,恭敬的侍者,玻璃天花板上方是疏疏朗朗几颗星子,此景只疑天上有呵!还有那999朵带着露珠的玫瑰花,肆意地铺满了整间宿舍,芳香扑鼻,室友艳羡的目光仿佛让她回到那年足球场上。相比之下,跟王子海在一起的时光太过乏味无奇,婚后的生活仿佛一辈子可以看到尽头。而阿荣,财力丰厚的阿荣……

**她虚荣的心儿如栓在蜘蛛丝一端,开始摇摆不定。**

那晚阿荣殷勤地频频举杯,她不免多喝了几杯。夜深了阿荣开车送她回家,车内轻柔的音乐盘旋回绕,车窗外迷离的灯光流光溢彩,她不禁有些沉醉。

下车后,扑面而来的夜风一吹,酒意上涌,她一阵头晕,脚步有些踉跄。阿荣信手拥住她的纤腰,低头看她双颊酡红,眼睛里似乎有水溢出,耳间蝴蝶铃铛摇曳,黑色V领斜裁裙装衬着栗红色卷发和冰雪样的肌肤,高挑的身材婀娜多姿,如此这般风情万种,不仅心神激荡,忍不住深深吻了下去。她一惊,只恨酒后乏力,好容易挣脱了出来。抬头一看,顿时手足无措:王子海正站在她宿舍楼前,昏黄的路灯下,他直直地盯着她,眼神里满是痛楚,脚下烟头凌乱地落了一地,显然已经等候多时。

大概只过了一两分钟——她却觉得有一世纪那么久,王子海始终一言未发,最后转身而去。阿荣不屑地看着他的背影,问道:"他是……"她咬了咬下唇,摇了摇头,脑袋一片混乱,终是不肯回头，不肯去追那夜色里逐渐消失的背影。

进了家门，灯还没打开，"滴零"手机响起，黑暗里蓝色屏幕上显示的是王子海发来的短信："有位作家说过，如果爱一个人得不到相应的回报，那他就是在暗中被轻蔑着。"有泪在她脸上滑落，只一滴。犹豫再三，她最后还是没有回短信。也许是因为身边诱惑太多，也许是因为太年轻，也许她心里也不知道该珍惜的是什么。青春的日子有多少新鲜的事儿要去体验，莫要辜负这韶华妙龄绮年玉貌呀。就这样两人断了联系。

仅仅一个多月，她就厌倦了和阿荣夜夜笙歌的日子，谈吐、生活习惯和朋友圈子的不同使他们渐生口角。阿荣会带她吃遍城里山珍海味却总记不住她的口味，会送她华服首饰却不肯陪她看一场流星雨，更让她难以忍受的是，他手机经常响起女人的暧昧声音。和阿荣疏远后，身边陆陆续续来来去去的几个男孩子，谁都走进不了她的心房。秋去春来，生活中已是无梦无歌。

**春雨淅沥沥地滴答着，一地恼人的泞湿，她的寂寞无处可遮掩。夜是那样阑珊而漫长，屋子里无边的沉寂仿佛要将她吞没。**

她独自一人上了街，漫无目的地走着，不知不觉来到那家小店。店还开着，昏黄的灯光氤氲在雨丝里，给她冷清的心带来几分暖意。

走进熟悉的店门，她点了土笋冻，每粒被平均切成四块，透明得像吉普赛女郎占卜的水晶球。旁边的调味碟里，黑的酱油陈醋、黄的蒜茸、红的辣酱、绿的芥末、白的特制糖醋萝卜，还摆上几叶芫荽，秀色可餐。闭着眼睛，鼓足勇气小小心地咬上那么一口，她愣住了，滑滑的、冰冰的、QQ的，甘冽鲜美爽口，土笋冻的味道——竟是意外之好！

就像眼前的土笋冻一样，爱情也应该多些理解与包容吧？可刁蛮的她竟从未试着去体谅和珍惜。错过了王子海，是否就此错过一生呢？是芥末的强烈刺激还是对那段感情的怀念，她的眼泪一下子涌了出来。朦胧泪光中，浮现眼前的却是王子海英气憨厚的面庞，那夜楼下守候的凋零身影，还有那忧郁的眼神。他会煲她爱喝的龙骨螃蟹汤；他会在她考试时守候在考场外，任烈日炙烤出一身汗湿；他会奔波三十公里去买她喜欢的盆栽……。

**岁月已远，青春渐如暮春的繁花不断飘落，那段甜蜜的岁月也越走越远，她现在才恍然意识到，他像一棵树般在她记忆中越植越深。**

她突然冲出店门，流着泪拨打那个早在心里重复千百遍的号码。她要告诉他，她真正爱的人是他，以后她不会再任性再犯错了，会好好疼他爱他。他一定会原谅她的，会像以前一样在原处等候她回头，会像每次吵架和解后怜惜地再次拥她入怀。

在漫长得让人心跳加速的三声铃响后，电话接通了，是王子海的母亲接的。她说，新房刚装修好，王子海和未婚妻一起出去买家具了。

手机从她手中滑落下来。

夜未央，夜阑珊。

# 长相思

长相思，在长安。络纬秋啼金井栏，微霜凄凄簟色寒。孤灯不明思欲绝，卷帷望月空长叹。美人如花隔云端。上有青冥之高天，下有绿水之波澜。天长路远魂飞苦，梦魂不到关山难。长相思，摧心肝。

天宝元年，初春的京城犹带几分寒意，府第里几株杨柳枝头绿意初吐。玉真公主独自坐在沉香亭里，对着一弯碧水发怔。"公主，这儿风大，进屋吧？"贴身侍女喜梅提醒道。玉真恍若未闻，在她秀眸里，整个世界只剩当年那个白衣胜雪的男子身影，不知他一切可好。"李白……"她微叹，十二年前的那一幕又浮现眼前。

开元十八年，她刚过及笄之年，出嫁才满三个月，驸马是张大将军的儿子，喜好功利，性格阴晴不定。虽殷勤不断，可玉真对他总是很冷淡，可那是她的宿命，挣不脱也逃不了。玉真性子飞扬跳脱，看不惯那些整天热衷于兴建府第，卖官敛钱的皇兄皇姐们，她最大的梦想是做个侠客浪迹江湖。婚后玉真公主仍改不了穿男装的喜好，常一袭青衣，手拿一把折扇在府里漫步，下人们已习以为常。

赵客缦胡缨，吴钩霜雪明。银鞍照白马，飒沓如流星。

那天她走到偏厅，看见一位三十左右的男子端坐其中，身体魁梧，一袭白衣更衬得他丰神俊朗，倜傥飘逸。看到她过来，便微笑着作了个揖。玉真公主看他不像京城人，一时好奇心起："兄台怎么称呼？""在下李白。"玉真大喜："可是写《侠客行》那个李白？""正是在下。"

呵，就是那个汉族与羌族的混血儿，好剑术，喜游历，二十几岁便"仗剑去国，辞亲远游"，曾路见不平手刃数名贼人的李白！就是那个头脑中充满伟大的幻想和浪漫情怀，"笔落惊风雨，诗成泣鬼神"的李白！他在诗句里表达的平等，自由，青春和激情，正是玉真所向往和追求的，她平素对他仰慕已久，不料今日得见。欣喜之余，玉真谎称自己是驸马的远方亲戚，因家道中落投奔驸马。李白听了唏嘘不已，说他自己怀满腔抱负欲为国家效力，可惜未有机会。去年他妻子许氏去世，他伤痛之余，索性离家远游长江黄河一带。此次来长安希望通过驸马引见，得偿夙愿一展抱负。李白说起路上奇闻逸事，神采飞动，久在深宫的玉真听得如痴如醉，脸上露出了久违的开心笑容。两人惺惺相惜，谈得甚为投机，玉真偶一回头才发现驸马已站在门外。她没注意到驸马眼神阴郁，双眉紧锁，意犹未尽地对李白说："李兄你先忙，咱俩稍后再叙"。

谁料驸马对李白心怀妒意，并未举荐李白，反而当面羞辱了他一番。等玉真知道后，李白已愤而离席。

啼转多。掩妾泪。听君歌。歌有声。妾有情。情声合。两无违。

"公主，外面有人求见，他自称李白。"门卫来报。"真的吗？快，请他进来。"玉真惊喜交加，声音禁不住颤抖起来。眼前的李白风尘仆仆，岁月在他身上描下了几分沧桑，可眉宇间那份英气不减，风采依旧。"李兄，好久不见！""你是……"李白一阵错愕。

喜梅叱道："大胆，见到公主还不下跪！"玉真这才意识到自己一时心急，未换上男装，她举手制止了喜梅，转向李白轻言细语地解释了一番。

久别重逢，两人自然分外喜悦。李白性格本就放浪不羁，也不拘礼。交谈之下，玉真知道他此番来京，仍是寻找机会施展才华与抱负，顺便看望故人。说起人事变化，两人不禁一阵唏嘘。李白看玉真公主谈吐不俗，眼如点漆不染纤尘，不禁击节赞道："公主生在帝王之家，却人如其名，清水去出芙蓉，天然去雕饰，皎洁本真如天上玉盘，真是难得！"

李白走后，玉真沉吟片刻，下令道："备轿，我要进宫。"

玉树春归日，金宫乐事多。后庭未入，轻辇夜相过。笑出花间语，娇来烛下歌。莫教时月去，留着醉恒娥。

金銮殿上，李白才思敏捷，即席奏颂一篇，大受唐玄宗赏识，诏供奉翰林。作为文学侍从之臣，参加草拟文件等工作。这样的结果玉真并不意外，她向玄宗推荐的时候，就知道他是块玉石，肯定会熠熠发光。

那是玉真最快乐的一段日子，再不用受相思的煎熬。王孙贵族的各种聚会上，她总能和李白不期而遇，李白的诗名使他成为颇受欢迎的座上宾。共同的脾性使两颗心越靠越近，玉真公主平生初次尝到两情缱绻风月情浓的滋味，眩晕的快乐，饱涨的喜悦，只怕是假，只怕太短，只怕有变。她一心沉浸在幸福里，没意识到驸马又妒又恨的目光，也不知道驸马已经在玄宗面前进了李白不少谗言。

李白一腔济世报国之情，利用与唐玄宗接近的机会，申述自己对国家大事的看法和主张。可惜那时玄宗已终日沉溺声色，不问政事。玄宗看重李白，只想要他写诗作词，供自己享乐。当他觉得李白好言政事，不满足于当驯服的御用文人时，再加上旁人的谗言，就疏远了他。玉真知道后，暗中为李白担心。她太了解李白了，别人看李白，只见其"佯狂"，只见其"痛饮狂歌"，她却深知他的大抱负大空虚大寂寞，深知他浮根漂萍般的悲惨人生，只有圣明的天子才能安措他那放达的脚步。果然，不到两年时间，李白亲眼看到朝政的黑暗腐败，胸中淤积了难以言状的愤懑，以满腔忧愤写下了许多揭露和批判现实的诗篇。最后他心灰意冷，恳求还山，唐玄宗赐金放还。

燕草如碧丝，秦桑低绿枝。当君怀归日，是妾断肠时。

"我本是山野叛逆不羁的风，承蒙公主错爱，现该回归山野了。"

"你会想念我吗？""会，想念公主的时候我去看天上的月亮。"

玉真公主清丽的脸上泛起了一酡微红，但她的眸子闪烁着更晶莹坚定的光芒："带我走，我们一起浪迹江湖。""万万不可。且不说长安城内守卫森严，我们要出逃难如上青天，只说那山野生活飘零清苦，岂是公主千金之躯能承受得了！保重，公主。"离别在即，不知再聚何期，李白强掩伤痛神情，作了个长揖，踉跄而去。

玉真公主抚着胸口，跌坐在椅子上。难道她要重复以前那种离别苦的日子吗？不，从小到大，她的人生被人一步步地安排着，这回她要自己做主，争取自己的幸福！在贴身侍女喜梅的帮助下，她一袭劲装，牵一匹汗血宝马，一早就在出长安的必经路口等候。

一路人少，空气还未裹上灰尘格外地轻，游于肺腑之间令人清明。望穿了秋水，李白策马的英姿终于出现。玉真兴奋地迎了上去，李白惊喜之余，知道此地不宜久留，低声说了句："快走！"两人只是纵马飞奔。

消息传得很快，两个时辰不到，后面大队官兵已追了上来。李白的坐骑首先支撑不住，口吐白沫累瘫在地。两人只得共骑那匹汗血宝马，速度明显放慢下来。眼看追兵越来越近，情势万分紧迫，李白死命搂着她，彼此急促的喘气声清晰可闻。玉真公主柔肠百转，当机立断，佯装下马小解，叫李白在马上守护，然后悄悄掏出藏在身上的匕首，深情看了李白背影最后一眼，用力刺了马臀一刀，马儿负痛带着李白向前狂奔。

玉真微笑地回头看了已经追近的侍卫，从容举起匕首，不顾侍卫的惊呼声，缓缓刺中自己胸口。刹那间天旋地转，耳边远远传来李白痛彻心肺的呼喊："玉真……"

再见，李白。

摧残梧桐叶，萧飒沙棠枝。无时独不见，流泪空自知。

李白自此终身未再娶，浪迹江湖，永远行走在漂泊的长路上，饮他的酒，洒他的泪，唱他的歌。他一生共写了二百多首的咏月诗，藉此寄托对玉真片片入骨的相思。

公元762年秋，明月中天，病骨支离的李白驾一叶扁舟，携两壶美酒，独自悠悠荡荡划进江中。对着那轮明月自斟自饮，不觉酩酊大醉。他举杯邀月，却发现月在水里，水里还有玉真公主的娇媚面容，凝视着他含情脉脉，一如当年。"玉真！"李白哽咽着扑进水中，抱月而眠，一代诗人就此殁没。

# 记忆中的那双眼睛

1986年春，元宵节的前一天，一个普通的日子，村里来了杂技团。当时乡下逢年过节常邀请芗剧团、杂技团过来表演，这往往就是我们孩子的盛大节日。那时候，我们没有丰富多彩的读物和花样翻新的玩具，没有设备齐全的儿童乐园，电视机也尚未普及，但是总觉得天地特别广阔，身边有无限的活动空间，有层出不穷的新鲜事物。

当晚，村里戏台前的空地上就搭建起花花绿绿的帐篷，大喇叭里播放着激动人心的广告语，一遍又一遍，声嘶力竭。杂技团演员们借住在村里的大礼堂，十几号人加上大箱小箱的行李，声势浩大。一群毛孩儿激动得跟过年似的，都挤过去看稀奇。乱哄哄的人群中，有个小女孩特别引人注意。那时我们成天玩沙包，和泥巴、跳橡皮筋、弹弹珠、拍洋画，汗水和泥沙混在一起，天天都跟泥猴没啥两样。可她白白净净的，举止轻盈沉静，跟我们特别不一样。我们不禁对她指指点点，旁边的小胖好奇地问她："哎，你会表演什么节目呀？"她不理睬，头也不抬专心整理自己的演出服。小胖情急之下大声骂道："臭黄毛！哼，什么了不起的嘛！"小女孩转头很漠然地扫了我们一眼，头也不回地走到一边去了。

## （二）

次日上午，早早吃完饭，一帮孩子又蹦蹦跳跳地跑去大礼堂。礼堂里一片忙乱，估计是在为晚上的表演做准备。我一眼看到那小女孩，正被一个班主模样的中年男子训斥："看书看书，整天就知道看那本破书，上台就给我板张脸，你倒是笑笑啊？"小女孩倔强地昂着头，不发一言。班主气哼哼的："去，罚你倒立两个小时。还有，中午不许吃饭！"说完拂袖而去。"活该！"我们都有点幸灾乐祸，在一旁吃吃地笑。她转过头，咬着下嘴唇，瞟了我们一眼，眼圈已经泛红。春日的阳光恰好透过窗户直照在她脸上，照得她脸庞阴晴分明，长长的睫毛在日影的重压之下微微颤动，脸上的绒毛细密如初春的嫩柳一般。我愣住了，那是怎样令人心颤的眼神呵，有委屈、有愤懑、有无助、有忧愁，如此复杂难辨，是我在小伙伴们的眼睛里从未看到过的。

中午吃饭时，父母亲和外婆七嘴八舌，议论着晚上吃完饭早点去戏台占位置的事。我则心神不宁，只是埋头扒饭。那双忧郁的大眼睛一直在我面前不停地晃动。那个小女孩真可怜呀，她中午真的吃不上饭吗？好不容易捱到父母亲都午休去了，我悄悄拿起竹钩，爬上凳子。那时家里仅有的一点零食都放在竹篮里，用绳子吊在屋内的房梁上，可能是为了防老鼠蟑螂吧。我记得最喜欢吃的是麦乳精，味道和现在的麦片有点象，红黄铁罐装的，常背着父母偷偷干吃还不冲水。我蹑手蹑脚地从篮子掏了块猪腰饼，揣在怀里，一路小跑去了礼堂。

小妹妹独自坐在礼堂前的空地旁，衣着很单薄，专心地翻读着什么，连我走过去都没发觉。我站在她身后，一面微微喘着气，一面怯怯地把饼递到她面前。她惊讶地抬起头，戒备的眼神变得柔和了，随后慢慢微笑起来。看着我手里的饼，犹豫片刻，便接过猪腰饼，狼吞虎咽地吃了起来。吃完后她对我不好意思的笑了起来，那一刻，我忽然觉得她很亲近。圆圆的脸庞，翘翘的鼻子，好像…像我常吃的那种长长的泡泡糖，用红一半白一半的纸包着，上面画着吹泡泡的那个小姑娘。

（三）

你在看什么？

书。

她简短地回答，把书给我看。是本小学一年级的语文书，脏污不堪，封面已经丢失，还缺了几页。我还给她，她像宝贝似的接了过来。

你喜欢读书？她她轻轻地点了下头，眼睛发亮。我想到自己几乎每天都是被母亲催赶着去上学，不禁有些羞愧。

我家里有一年级的书，是我以前读过的，还有连环画，都拿来给你好不好？

真的？她高兴地睁大眼睛，想了想，把手里一串铃铛链子取下来，认真地说，我不白拿你的书，这链子送给你！

她渐渐活泼起来。那天下午我们聊了很多，原来她从小就被父母亲送到杂技团，现在已经记不清家里人的模样。以前团里有个叔叔会教她练字，告诉她书里有一个美丽宽广的新世界。可惜后来叔叔离开了杂技团，只留下几本破旧的书给她。你看，我还会写自己的名字呢！她兴奋地拿起树枝，在沙地上一笔一划地写给我看——"春琴"。

临走时，我们亲热地拉钩，约好明天早上我拿书给她。

## （四）

　　晚上戏台上热闹极了，节奏欢快的音乐和着五彩缤纷的灯光，呈现出奇幻的演出效果。台下的座位都被父老乡亲坐满了。每个节目都很精彩，我兴奋地拍着手，一边着急地等着春琴的节目。

　　春琴终于出场了，只见她梳着两个小发髻，两眉之间点着一个红点，脸颊染着胭脂，嘴里咬着一支塑料花，愈发显得粉雕玉琢，特别可爱，像从年画上走下来。看到她穿着鹅黄色的演出服，轻、薄、短，还露出小肚脐，我旁边身着厚厚棉袄的外婆，咂巴嘴心疼地说："哎呀妈呀，小丫头片子得冻死了！"

　　春琴被旁边的叔叔抱上桌子，桌子上还搁放着一把板凳。只见她把花放在桌子上，不慌不忙摆了几个造型后，站在凳子上，背向着观众，慢慢把身子往前拗，直到把桌上的花叼到嘴里，再缓缓地直起腰。这时我才把塞进嘴里的手放了下来，紧张的心情稍稍松了口气，春琴神情倒是很自若。接下来她脚下踏着自己还高的独轮车，先在头顶放上一只碗，然后用脚将其他碗抛起，稳稳地落在她头顶上的碗中。台下的叔叔阿姨们都目不转睛地盯着台上，有的还张着嘴，大气不敢出的样子。当她已经踢了 8 个碗、准备再一下子踢三个到头上时，现场鸦雀无声。外婆喃喃自语："我的天，能行吗，啊？"当三个碗准确无误地落到她的头上时，现场先是"哇——"的一声，继而爆发出热烈的掌声，还有口哨声、接近呐喊的喝彩声此起彼伏，一浪高过一浪。坐在前面的堂哥连连拍胸脯："吓死我了！"春琴，你真了不起呀！我在台下拼命鼓掌，双手都拍红了。

　　可能是昨晚太过兴奋，到家上床后我翻来覆去很晚才睡着，早上一睁眼，家里静悄悄的，太阳已升得老高。参加过生产队劳动，知道什么是工分。糟糕了！我一激灵，连忙一骨碌爬起来，拿着书跑到礼堂，谁料那里已经人去楼空，只有隔壁的阿婆弯着腰在打扫卫生。阿婆说杂技团的人刚离开，那个表演踢碗的女孩还吵着不肯走，直说要等人，一个小毛孩，大人谁理她呢！再说了，她头次来咱这村子，能认识谁啊？这不胡闹吗？所以被人拉走啦！一边走，还一边哭着往回看呢！

我顾不上说话，赶紧跑到村头，村口长长的大路空空落落，不见人影。只有向阳山坡上，黄绿的小草从泥土里俏皮地探出小脑袋，无声地在风中摇曳。十岁出头的我，小小的未经人事的心灵里，第一次尝到辜负人的滋味。想象春琴黯淡的眼神，想象她频频回首却看不到我，不知道该有多失望，我懊悔极了，忍不住嚎啕大哭起来。

## （五）

杂技团走后，村里恢复了往日的平静。学校很快开学了，孩子的记性是不长的，我渐渐淡忘了春琴。谁料到，隔了没多久，邻村的孩子带来一个晴天霹雳般的消息。他说杂技团去他们村表演，有个小女孩在表演"踢碗"过程中，由于场地不够平滑，摔了下来，听说腿好象断了，估计再也表演不了杂技。我心头一震，啊！难道是……不不不，不会的！我不敢再往下想象，只觉得胸口如同塞了几把茅草，拔也拔不出，咽又咽不下，尖尖糙糙的很是扎人。

从那时起，再也没见过春琴。亲爱的女孩，这么多年你过得好吗？我每次看到杂技表演，都会情不自禁地想起你，对于当时的失约，总是难以释然。你后来读上书了吗？现在也该结婚生子，拥有自己幸福的家了吧？你的孩子，应该和其他孩子一样，在阳光下快乐地上学玩耍了吧？生活总要继续，相信一切都会慢慢好起来的！

那时候
你只对我说了声
Hi
我便再没有忘记
你

图书在版编目（CIP）数据

梨里的光阴/曾志宏著；张艾子主编.-- 北京：团结出版社，2013.12
（文化中国·黄河口文库）
ISBN 978-7-5126-2230-2

Ⅰ.①梨… Ⅱ.①曾…②张… Ⅲ.①散文集—中国—当代 Ⅳ.①I267

中国版本图书馆CIP数据核字（2013）第281750号

| | |
|---|---|
| 出　版： | 团结出版社 |
| | （北京市东城区东皇城根南街84号　邮编：100006） |
| 电　话： | （010）65228880　65244790 |
| 网　址： | www.tjpress.com |
| E-mail： | 65244790@163.com |
| 经　销： | 全国新华书店 |
| 印　刷： | 山东省审计厅劳动服务公司 |
| 装　订： | 山东省审计厅劳动服务公司 |

| | |
|---|---|
| 开　本： | 880×1230毫米　1/32 |
| 印　张： | 88 |
| 字　数： | 1980千字 |
| 版　次： | 2013年12月　第1版 |
| 印　次： | 2013年12月　第1次印刷 |

| | |
|---|---|
| 书　号： | ISBN 978-7-5126-2230-2 / I.860 |
| 定　价： | 180.00元（全9册） |
| | （版权所属，盗版必究） |